近代日本の思想家

4

Mori Ogai

森 鷗外

Ikimatsu Keizo

生松敬三

東京大学出版会

Thinkers of Modern Japan 4
MORI OGAI

Keizo IKIMATSU
University of Tokyo Press, 2007
ISBN 978-4-13-014154-3

目次

第一章　家・学校・陸軍

一

鷗外・森林太郎は文久二年（一八六二）一月十九日に石見国（島根県）鹿足《かのあし》郡津和野に生れた。父は静男、同藩の典医で、母は峰子、林太郎は森家の長男であった。

彼が生れた文久二年という年は、ペリー来航以来九年、明治維新に先立つこと六年であり、この前後はまさに国を挙げて尊王・佐幕、攘夷・開国の血なまぐさい論議や騒動に明け暮れしていた頃である。現に、その年の目ぼしい事件だけを数えてみても、正月には坂下門の変、四月には寺田屋騒動、八月には生麦事件、十二月には品川御殿山の英国公使館焼打事件など、相継ぐ数々の事件が挙げられる。前年のロシア軍艦対馬占領事件、翌年の薩英戦争などとあわせて、ほぼ当時の日本の不安な状態を偲ぶことができよう。諸外国の圧力の下に、幕府・朝廷をめぐっての薩長土諸雄藩を主とするめまぐるしい動きは、まさに維新前夜のあわただしさを示していたのである。

しかし、十数代にわたって代々森家が仕えてきた津和野藩は、わずかに四万三千石、裏日本西部の一小藩である。ましてその家は、一応俸禄を与えられる武士階級に組み入れられてはいても、刀槍を執って戦う武士とは異り、頭をまるめて十徳を着る典医という特殊な職掌の家であったから、この時代の激しい風波も、それほど強くは鷗外の生家に吹き及んだ様子はない。かの長州征伐のときなどには、それが隣藩のことでもあり、津和野藩にもかなりの動揺があったといわれるが、とにかく幼少時代の鷗外を育てた家とその周囲の空気は至極平穏無事であったように見受けられる。したがって、ここで差当り鷗外にとって重要なのは、大きな時代の動きということよりも、もっと直接的な事柄、つまり鷗外の生れた家がいかなる家であったか、いまだ封建の世にその家の長男として生れたということがどのような意味をもったかということである。

＊　ごく大づかみに言うならば、この鷗外のように明治維新前夜の混乱と維新の変革とをいわば自覚以前の幼少時にすごし、青年としての形成期を明治になってからのいわゆる文明開化の世に送る人々と、維新に至るまでの混乱と明治維新の変革とに既に青年ないし成年として立会い、道は様々であったにしても古き封建の時代から新時代への転換期を身をもって生き抜いて、明治の日本を草創する働きをした人々との間には、大きな差異があることが認められよう。思想・文化史

の場面で見れば、西周《あまね》（文政九年・一八二五・生れ）、西村茂樹（文政十一年・一八二八・生れ）、津田真道（文政十二年・一八二九・生れ）、福沢諭吉（天保五年・一八三四・生れ）等、明六社に拠って活躍した思想家たちは後者を代表し、明治二十年前後から活躍をはじめる坪内逍遙（安政六年・一八五九・生れ）、二葉亭四迷（元治元年・一八六四・生れ）をはじめとする明治の文学者たちや三宅雪嶺（万延元年・一八六〇・生れ）、内村鑑三（文久元年・一八六一・生れ）、徳富蘇峰（文久三年・一八六三・生れ）等々の思想家たちが前者に属するわけである。この点については、後に鷗外と西周との関係を見るとき、また明治二十年代の鷗外の活動を述べるときなどに、改めて触れることになるであろう。

鷗外が生れたときの森家の有様を、後に妹の小金井喜美子は次のように描いている。

「その正月十九日に、母君産の気つき給ひ、健かなる男の子を生み給ふ。これぞ我が兄君なる。神棚に燈明かがやき、祖母君涙さへ落して喜び給ふ。亡き人の旅の日記にも、初孫の顔見ん事を楽むなど、幾たびか記るし給ひつれば、これやがて祖父君の生れかはり給へるよなど言ひつつ、家の人人やうやく愁の眉すこし開きつ。いかで此ちご、よく生《おふ》したててと誰も誰も思ふ。」（『森鷗外の系族』）

ここに「亡き人」と書かれているのは、祖父玄仙（白仙）のことであるが、この祖父は藩主の参覲交代の供をして江戸に出たその帰り道、鈴鹿峠を越した江州土山で、文久元年十一月七日、つまり鷗外誕生の二月余り前に病歿した。祖父の死によって悲歎の底に沈んでいたところへ、この男子の出生は祖父の再来と喜び迎えられた一家の明るい光であったのである。

鷗外につづいて、次男篤次郎は慶応三年（一八六七）に、長女喜美子は明治四年（一八七一）に、三男潤三郎はずっとおくれて東京移住後の明治十二年（一八七九）に生れているが、「男の初児」たる長男林太郎こそ家の興隆を担うべき中心として、その養育に気をくばられたことは並々でなかった。男系嫡子中心主義の家にあって、鷗外は常に特別扱いである。もう一つ小金井喜美子の文を引く。

「私の育つた頃の森の家風といふものは、厳格といひませうか、旧式といひませうか、親が子に向つても子が親に向つても、言ふべき事と言はぬ事とははつきりときめられて居りました。どこの士族の家庭でもさうである様に、長男を大切にするのは非常なもので、親達でもいつも一目《いちもく》譲つて居られました。まして目下《めした》の私どもは欠点などは見様ともせず、若しあつたとしても見て見ぬ振をして過すのを教養ある人のすべきことと信じて居りました。」（「森於菟に」・「文学」四ノ六）

もちろん、「親達でも一目譲る」というのは、鷗外成人後のことを言っているのであるが、こういう、「厳格」・「旧式」な士族的家風のなかで、鷗外は格別の配慮と慈愛を身いっぱいに受けながらすくすくと成長して行くのである。「あれだけ大事にされては並みのものなら阿呆になりかねぬ域にまで行っている」とは、中野重治氏が鷗外に対する森家の人々の扱いを評した言葉である（『鷗外その側面』）。このように大事に家で慈しみ育てられたということ、これは、たとえば六人兄弟の末弟として、しかも歓迎せられざる子として生み出された夏目漱石の幼時の境遇などと比べてみて、たしかに非常に幸福なことであったと言うべきなのであろう。しかし、同時にこの幸福の代償として鷗外が引受けねばならなかった負担もまた非常に大きなものであったことを見逃すわけにはゆかない。そのように自分を保護し育ててくれた家の期待にこたえることが、鷗外にとってはほとんど絶対至上の命令となったからである。この家の期待・要求の前には自己一身の希望・要求は圧伏せねばならない、あるいは少くとも家の期待・要求と自己一身の希望・要求との妥協を計らなければならないということになったからである。

二

鷗外をその手に抱いて育てたのは祖母、父、母である。そしてこの家の気風を最もよく代表するものは母であった。鷗外自身が後年、「博士の家には、博士の祖父から博士の母を通じて、一種の気位の高い、冷眼に世間を視る風と、平素力を養つて置いて、折もあつたら立身出世しようと云ふ志とが伝はつてゐた」(『本家分家』大正四年・未刊稿)と書いている。

この祖父は、先に記したように鷗外誕生の前年に死んだ森玄仙(白仙)であり、佐佐田氏から養子となってきた人である。漢学の造詣深く、儒者としても充分門戸を張ってゆかれるだけの実力をそなえた、気骨ある人物であったという。「その性濶達にて、家の事に関らず。御殿への勤めこそ規則正しくし給へど、我は顔する病家などへは幾たび使ありとも行かず、薬の料などは人の持ち来るに任せて我から求むることをし給はず。家にはいつも食客の二三人絶ゆるひま無かりき。」と小金井喜美子は書いている(前掲書)。その禄高は、同じく小金井喜美子の書いているところでは百五十石であったというが、伊藤佐喜雄氏（『森鷗外』）によると、享保十八年（一七三三）の森家の知行が八十石、後にお咎めごとがあって五十石に減らされたとのことであるから、その百五十石が正しいかどうかは疑問であるが、とにかく「祖父は格の低い奥勤」になって「生涯微禄を食《は》んでいた」のである（『本家分家』）。

＊　祖父から伝えられたと鷗外の書いた「折もあつたら立身出世しようと云ふ志」の方は、学識あり気骨もあったこの祖父が生涯微録に甘んじていなければならなかったことから説明つくとして、もう一つの「冷眼に世間を視る風」の方はどうであろうか。これは当時における医者という家業に関係があるのではないかと思う。この祖父が養子であり、また鷗外の父も養子であるが、鷗外自身の説明によれば、このように他国の者がきて家を継ぐのは、「当時髪を剃つて十徳を着る医の家へは、藩中のものが養子やよめに来ることを嫌つてゐたからである」（同上）という。この医者という家業の藩中における特殊性、これがあの「一種気位の高い、冷眼に世間を視る風」を培つたものではなかったろうかと考えられるのである。

なお序でに書き加えれば、鷗外になにほどかの文学趣味を伝えたのもこの祖父であったようである。鷗外の父は医書のほかは何も読まない流儀の人で、「詩や歌や俳句の本が偶《たまたま》有つたのは、皆祖父の遺物である」（『俳句といふもの』）と鷗外は書いているし、この祖父は一時大阪で俳諧の点取をやったこともある人だという。

祖母清子は「長門国の豪農で、帯刀御免の家」(『本家分家』) 木島氏の出である。非常に長生きをして、明治三十九年 (一九〇六) 八十八歳で歿するのであるが、晩年少しく老耄してからでも、何か主張するときにはいつも「わしはさむらひじや」というのを口癖にしたという(森於菟『父親としての森鷗外』)。才識ある賢女、気象者であった。小金井喜美子は、「祖母君は、かく家の事は人に打任せて経済に疎かりし祖父君を助けて、よく家を修め、主人に少しの煩ひもあらせ給はざりき。嘉永六年に大風の吹ける日、城下の寺より出でし火は、四方を山に囲まれ擂鉢の底に似たりと云はるる土地に燃え拡がり、おほかた士人の邸宅の類焼せし時、祖母君の心づかひにて幾程もなく身分にふさはしき普請を成し給ひし折などは、人皆『彼処のおごう様 (内室の方言) は』と云ひて褒め称へしとか。」という話を伝えているし(前掲書)、また鷗外は、「博士の家は曾祖父の代に無財産になつた。そこへ博士の祖母が来て、学者肌の夫を助けて、数年の後に借財を返してしまつたのだ」と書いている(『本家分家』)。

このような祖父母の間の一人娘として生れたのが、鷗外の母みね(峰子)であった。その夫、つまり鷗外の父静男は、「心の素直な、優しい人」を婿にと願った祖父のめがねにかなって(小金井・前掲書)、周防国の吉次氏から養子に迎えられたのである。この人は、穏やかな・言葉少い・寛厚な人で、若い頃祖父の勧めに従って学んだ石州流の茶を終生たしなみ、これと盆栽いじりとを趣味とした。「医術を教へられて、藩中で肩を並べる人のない程の技倆にはなつたが、世故に疎い、名利の念の薄い人であつた」(『本家分家』)。医療に当っては、その患者の病の軽重を問わず、全幅の精神を傾注する、しかもその態度は、盆栽をいじっているときも、茶を啜《すす》っているときも一貫して変らない。これを評して後に鷗外は、日常底に道を行ずる「有道者の面目に近い」と言っている(『カズイスチカ』明治四十四年)。歿年は明治二十九年(一八九六)、六十一歳であった。

＊「どうも博士のむつつりしたのは父の遺伝らしく」(『本家分家』)と鷗外自身が書いているが、風貌の点でも鷗外は晩年に近づくにしたがって、写真に遺っているこの父の顔に非常によく似てくる。父の精神的態度は、鷗外がとくに壮年期以後においてつとめて学ぼうとしたもののようであるが、これはあの母から伝えられた「功名心」とは相矛盾する性質のものであったと言わねばなるまい。

この「世故に疎い、名利の念の薄い」父を、「傍から助けて、柔に勧めもし、強く諫めもして、夫に過失のないやうにしてゐた」(『本家分家』)のは母峰子であった。家つきの娘としての位置ということも考えねばなるまい。ひたすらに一家の興隆を願う峰子は、この家の事実上の主宰者であった。総じて「此家庭では父が情を代表し、母が理を代表」するといった具合で、背後で「巧に柁を取つてゐる」(同上)のは母なのである。この男まさりの母峰子の内助の功なくしては、森家の存立も危いことがあったし、東京移住後の生活の安定も覚束なかったであろう。森於菟氏はこの鷗外の母を、「家にあつて功名心に燃えてゐる祖母」と呼び、「父があれ程の事業をした其重大なる因子としては之を挙げねばならぬ程の賢母であつた」と言われている(『解剖台に凭りて』)。実に、ほとんど鷗外の全生涯にわたって——峰子は大正五年(一九一六)三月、七十一歳で歿するが、これは鷗外の死に先立つこと僅か六年であり、同じ五年の四月には鷗外は予備役に編入され、陸軍軍医総監・陸軍省医務局長の地位を退いている——影となりひなたとなって、鷗外を庇護し鞭励していたのは、この母峰子であったし、鷗外もまたこの母を敬愛すること深く、絶対服従とも評されるような態度をもってこれに仕えたのであった。

三

新版鷗外全集の別巻一に発表された『自紀材料』によると、津和野での鷗外の学習はほぼ次の如くである。


慶応三年（一八六七）　数え年六歳　十一月十五日、村田久兵衛に論語を学ぶ。

明治元年（一八六八）　数え年七歳　三月、米原佐に孟子を学ぶ。

明治二年（一八六九）　数え年八歳　養老館へ四書復読に往く。二七の日なり。四書正文を賜ふ。

明治三年（一八七〇）　数え年九歳　十一月、父に和蘭文典を学ぶ。養老館へ五経復読に往く。四書集註を賜ふ。

明治四年（一八七一）　数え年十歳　夏室良悦に和蘭文典を学ぶ。十一月、文学校を廃せらる。この時まで左国史漢を復読す。


これによって十歳頃までに鷗外が何を学んだかを知ることができる。

＊　あえて『自紀材料』を引くまでもなく、従来の森潤三郎氏をはじめとする伝記的研究や年譜によっても、鷗外が津和野で何を学んだかというその内容は知られるのであるが、ただ年次が従来の研究では二年ずつ前へずれるのである。つまり、これまでは藩校に入ったのが慶応三年（一八六七）、藩校閉鎖が明治二年（一八六九）というのが定説であった。これは鷗外自筆のこの『自紀

材料』によって訂正された方がよいように思われる。というのは、この『自紀材料』は「死後に他人の手で間違った伝記を書かれるより自分で書いて置くと云つて」書いていたのが未完に終ったものであると考えられ（与謝野寛「森鷗外先生の追憶」・「太陽」二八ノ一〇）、また鷗外が大学入学の際に年齢不足を補うため生年を二年早く万延元年（一八六〇）としこれを公けには通していたといわれるその生年も、はっきり文久二年（一八六二）と書いてある点からみても、充分信ずるに足るものであると考えられるからであり、これに対して従来の研究・年譜で藩校在学の年次が二年だけ前にずれているのは恐らく鷗外の書いた『徳富蘇峰氏に答ふる書』あたりが典拠かと思われるが、これは執筆年代が明治二十三年（一八九〇）であることを考えると、大学入学時に二年早くしたこの万延元年（一八六〇）誕生の公称にまだ引きずられていたのではないかと考えることができるからである。

一年目には「四書正文を賜ふ」、二年目には「四書集註を賜ふ」とあるように、鷗外の藩校での成績は抜群の優等であった。鷗外自身の能力の優秀性もさることながら、その蔭には母峰子の非常な努力が秘められていた。明治三十六年（一九〇三）三月十三日―十五日の「読売新聞」には、「名士の父母」という表題のもとに良妻賢母の一典型として「森峰子―医学博士森林太郎氏の母―」の記事が載せられている。

「(鷗外) 漁史の父君静男氏は、前に述べたるが如く始終留守勝なれば、刀自の手一つにて何くれとなく教へ育みける中に、素読の復習《さらひ》も刀自の監督する事なれど、元はいろはさへ碌々習はず、薬の名をも知らぬ身にて、独稽古の仮名附四書を資本《もとで》に、覚束なくも漁史を教へ導きたり。初の程こそ漁史も母を此上《こよ》なき先生と信用せしが、漸々《おひ〱》内兜を見慊《すか》して侮どる気色も見えければ、是ではならじと刀自も一生懸命、毎夜我子の眠に就くを待て、明日の学課の下調、孤燈の下に書《ふみ》繰り返して夜の明くるも知らざりし。刀自は当時の事を打明けて『実につらいと思つたことも度々で御座いました』と、左もあるべし。」

褒賞を賜って喜び帰る林太郎を祝いながらも、この母はなお林太郎の慢心をいましめて、更に一層の勉励をうながし、「家の名もお国の名も揚げるやうに」と説くことを忘れなかったのである(小金井・前掲書)。

このように家でまた藩校で少年林太郎がはげみ学んだのは四書・五経であり、左伝・国語・史記・漢書などであったが、この四書・五経の素読にはじまる伝統的な古典教育に対しては、後にドイツ留学から帰った鷗外は、これこそ「最も精神発育史の道理に違ひて毒を流し易き」ものであるとの批判を加えている（『教を授くるに衛生の道を履む事』明治二十二年）。しかし、彼目身がそれによって養い育てられた人間であったことは如何ともしがたい事実であった。この少年時代の素直な心に受けとめられた漢学的古典教育は、鷗外に、彼の自覚しえた以上に大きな痕跡をとどめたものであるように思われる。ドイツに留学してヨーロッパの合理的実験的自然科学としての医学を学び、帰朝後には前記のような古典教育の否定、合理的自然教育讃美の論を吐くに至る鷗外ではあるが、このことは必ずしも鷗外の身に滲み込んだ儒教的漢学的色彩を払拭しえたことを意味さない。『妄想』（明治四十四年）の老翁が留学時代に学んだ自然科学を指して、「少壮時代に心の田地に卸された種子は、容易に根を絶つことの出来ないものである」と言っている言葉は、この少年時代の漢学的古典的教養に対してこそ更に一層適切なものであるということができるであろう。少くとも鷗外の人となり、性格・態度の根本はこれによって決定的に形づくられたもののように思われる。そして、この儒学的漢学的教養と合理的近代西欧的教養とのからみ合いは、幕末・明治以降の近代日本人のメンタリティにおける一つの興味深い問題であり、後に鷗外自身にとってもきわめて重大な問題となる筈の問題である。

ところで、藩校における成績の抜群であった林太郎は当時すでに津和野の秀才として評判が高かったが、この林太郎を上京させ修学させてはどうかということが藩主亀井茲監《これみ》の意向として父静男に伝えられたことがあった。これは慎重な父の辞退によって実現されることなく終ったけれども、明治五年（一八七二）藩主に随い父が侍医として東京に移り住むこととなって、林太郎の東京遊学も実現を見るに至った。藩校での教育及び父の典医という職を介して、鷗外と藩主亀井家との関係はずっと続いてゆく。ドイツ留学中にも鷗外は亀井家の後嗣の世話をやいているし、後には亀井家の相談役のような位置に立ち、絶えず伺候・連絡は欠かすことがないのである。

＊　第十二代津和野藩主亀井茲監は、明治新政府にあっては神祇官副知事にすすみ、古神道の宣布につとめた人で、明治天皇即位の式に古式を用いたのもこの茲監らの上申によったのであるといわれるが、鷗外が学んだ藩校養老館もこの人によって大改革を加えられたものであった。もと養老館は、第九代藩主亀井矩賢《のりかた》が山崎闇斎の高弟山口景徳（剛斎）を大阪から迎えて、天明六年（一七八六）に設置したものであったが、この第十二代茲監に至り、平田篤胤の高弟大国隆正及び福羽美静、岡熊臣らを用いて、きわめて国学的色彩の濃いものに改革されたのである。鷗外が学んだのはこの国学風の改革後の養老館であったわけであるが、この国学風の感化が鷗外に、どの程度まではっきり指摘することはできないにしても、やはりかなりの痕跡をとどめたものであったことは確かであるように思われる。

四

すでに藩校養老館に通っていた頃から、鷗外は父について、あるいは室良悦についてオランダ語を習いはじめていたが、これはもちろん鷗外をも医者に仕立てようとする父母の意志に出たものであった。上京後は本郷の進文学舎にドイツ語を学ぶために通うことになる。これも東京医学校に進むための必要からであった。明治七年(一八七四)東京医学校予科に入学し、明治十年(一八七七)東京大学医学部と改称された同校の本科に進み、明治十四年(一八八一)には最年少者として鷗外は大学を卒業する。

* 上京した父と鷗外が居を定めたのは向島であって、ここから本郷の進文学舎に通うのは不便であるため、鷗外は一時神田の西周邸に寄寓する。西周は同郷の大先輩であり、また森家とは親戚の間柄である。この年数えて四十四歳、陸軍大丞の位置にのぼり、宮内省侍読をもつとめていた。鷗外は西周の死んだ翌年、明治三十一年(一八九八)に西家から委嘱されて『西周伝』をつくっている。これはあくまで客観的叙述の体裁をとった伝記であるから、もちろんそこに鷗外の西周に対する態度や評価をうかがうことはできない。しかし、これを除くと、鷗外が西周にふれて書いたり語ったりしているものは、予想外に少いのである。『ヰタ・セクスアリス』(明治四十二年)

の「東先生《あつま》」が西周であることは周知のところであろうが、ここではただ「東先生」が肉食をし酒を飲まれるが、摂生のやかましい洋行帰りで、閨門のよく治った立派な大官であるといわれているにすぎない。

「おのれ若かりし日始て都に出でて、西周ぬしの家にありき。神田西小川町なる長屋門ある家の、玄関と応接所との間の部屋に起臥して、日ごとに本郷壱岐坂なる進文学社といふ学校に行き通ひぬ。かくて月日を経る程に、学問は周ぬしの教導を受けしこと多く、操行は夫人升子の君の訓戒を蒙りぬること数〻なり。」と、鷗外は明治四十三年（一九一〇）に西升子夫人の歌集『磯菜集』の序に書いているけれども、この「周ぬしの教導」がどのようなものであったかはほとんど鷗外によっては語られていない。ただ一つ鷗外が西周について語っているのは、明治四十二年（一九〇九）の『混沌』という講演だけである。

それによると、西先生はふだん一寸も教訓めいたことを説いて聞かせなかったが、あるとき鷗外が畳にインキをこぼしたら、それを見て西先生が、「何だ、インキを黜したな、西洋人ならば汚した畳をすぐ償はせるぞ」と言って叱ったというのである。J・S・ミルのユティリタリアニズムを「利学」として訳出し、明治初期に「致知啓蒙」を説いた啓蒙的合理主義者らしい言葉である。鷗外はこれにいろいろと説明を加えているが、「どうも先生の教育は余程妙だと思った」というのが本音であったらしい。事実それは、鷗外を育ててきた家や教育とは異質のところから発せられた言葉であったわけである。

鷗外が西周にまつわる思い出として、ただ一つこのことだけしか語っていないことは興味深い事実とせねばなるまい。唐木順三氏も指摘されているように（『森鷗外』）、ここには西周に対する鷗外の sympathy とともに antipathy が、両者の気質・肌合の相違が、更に世代・時代の相違が暗示されているように思われるからである。

西周も鷗外と同じく津和野藩の典医の家に生れたが、数えて二十歳のとき一代還俗（医者をやめること）を仰付けられ儒学修業を命ぜられる。これより明治に至るまでに辿った西周の経路には、先覚者の動揺と冒険とがある。西周が蘭学にはじめて触れるのは、決して鷗外のように早くはない。それは嘉永六年（一八五三）、周二十五歳のときである。しかし、「余にして今より後身を立て道を行はんと欲せば、西学竟に闕《か》くべからず」と知り、「而して小藩に仕へ、瑣事の為めに役せらるるものは、縦令《たとえ》間を偸《ぬす》みてこれを講ずとも、恐らくは精通熟達の期なからん」と考えたならば、「若かず一旦君父と絶ちて専心事に従はんには」と意を決して、脱藩亡命するだけの熱意と果断の力をもっている。そして北辺にロシアの勢力が迫ったことを聞けば、書を慶喜に呈して、北海道開拓を進言する。津田真道とともに藩書調所の一員として、赤松則良、榎本武揚ら海軍操錬所の士と蘭船カリップス号に同乗し、宿願のオランダ留学の途についたのは文久二年（一八六二）、ちょうど鷗外誕生の年である。オランダのレイデン大学において政事諸学科を学び、英・仏（コント・ミル・スペンサー等）流の実証主義的・百科全書的学風を身に体して帰朝し、開成所教授職となる。そして明治維新後は主として陸軍に籍を置き、草創期日本陸軍の整備・育成に尽力し、また明六社に属する啓蒙思想家として活躍する。大略、これが西周である（鷗外『西周伝』参照）。

陸軍に身を置く点は鷗外と同じであるにしても、学風その他の点において著しく対照的なものがある。この両者の対照的な差異は、家庭的環境の差――たとえば、鷗外が絶対服従の孝を尽した母は彼の五十五歳のときまで在世するが、西周の母は彼の二十歳の折に亡くなっている――からも、また個人的な資質の相違――たとえば、西周には天下国家を論じ痛飲して憂悶を遣る豪傑肌があるが、鷗外には几帳面で神経質でひとり耐え忍ぶといった風がある――からも来ているであろうし、またそれを大きく包む時代の差、世代の差というものも考えられねばならないであろう。鷗外の前にはすでに、「人のたどらせたる道を、唯一条にたどり」（『舞姫』明治二十三年）ゆけば進める立身出世の道ができており、先覚者の勇気も果断も冒険ももはや必要とはされぬ時代を鷗外は生きて行ったかの観があるのである。

鷗外が学んだ当時の医学部総理は池田謙斎、総理心得は長与専斎（後に石黒忠悳）で、教授はかの有名な内科のベルツ（Baelz, 1849―1927）をはじめ全部ドイツ人であったという。そして鷗外の同窓には賀古鶴所、緒方収二郎、谷口謙、小池正直、中浜東一郎、江口襄らがあった。

『ヰタ・セクスアリス』の中の、「僕は寄宿舎ずまひになつた。生徒は十六七位なのが極《ごく》若いので、多くは二十代である。服装は殆ど皆小倉の袴に紺足袋である。袖は肩の辺までたくし上げてゐないと、惰弱だといはれる」にはじまるこの時代の記述や、『雁』（明治四十四年―大正二年）に見られる学生生活の描写などによって、大学時代の鷗外の生活はほぼうかがうことができるであろう。

年齢が誰よりも下であるということは、何かにつけて他からの圧力を蒙る機因となり、それに応ずる「陽に屈服して陰に反抗するといふ態度」――兵家クラウゼヴィッツ（K. Clausewitz, 1780―1831）がまさに弱国のとるべき手段だといった「受動的抗抵」――を強いられたが、しかし同時に事によってはその年長者をも優に凌ぐことができるという自負心をもかきたてる。年上の同輩たちが苦とする学業・日課は、鷗外にとっては一向苦にはならなかったのである。

「此頃になつては、僕のノオトブツクの数は大辺なもので、丁度外の人の倍はある。その訳は一学科毎に二冊あつて、しかもそれを皆教場に持つて出て、重要な事と、只参考になると思ふ事とを、聴きながら選り分けて、開いて畳ねてある二冊へ、ペンで書く。その代り、外の生徒のやうに、寄宿舎に帰つてから清書をすることはない。寄宿舎では、其日の講義のうちにあつた術語丈を、希臘拉甸の語原を調べて、赤インキでペエジの縁に注して置く。教場の外での為事《しごと》は殆どそれ切である。人が術語が覚えにくくて困るといふと、僕は可笑しくて溜まらない。何故《なぜ》語原を調べずに、器械的に覚えようとするのだと云ひたくなる。」（『キタ』）

鷗外一流の組織的で手際のよい仕事振りであるといってよい。そしてあとは「暇さへあれば貸本を読む」（同上）。寄宿舎には貸本屋が出入りしていて、馬琴・京伝などの読み本、春水などの人情本、それを終えると貞丈雑記のような随筆類、これが貸本屋の持っていた「最も高尚なもの」なのであった。またこの頃友達に借りて読んだという本には晴雪楼詩鈔、本朝虞初新誌、剪燈余話、燕山外史等があり、花月新誌は愛読の雑誌であった。それから詩を作り、漢文の小品を書く。あちこち古本屋を覗いて歩く。『雁』には次のようなところがある。

「岡田が古本屋を覗くのは、今の詞《ことば》で云へば、文学趣味があるからであつた。併しまだ新しい小説や脚本は出てゐぬし、抒情詩では子規の俳句や、鉄幹の歌の生れぬ先であつたから、誰でも唐紙に摺つた花月新誌や白紙に摺つた桂林一枝のやうな雑誌を読んで、槐南、夢香なんぞの香奩体《かうれんたい》の詩を最も気の利いた物だと思ふ位の事であつた。僕も花月新誌の愛読者であつたから記憶してゐる。西洋小説の翻訳と云ふものは、あの雑誌が始めて出したのである。……さう云ふ時代だから、岡田の文学趣味も漢学者が新しい世間の出来事を漢文に書いたのを、面白がつて読む位に過ぎなかつたのである。」

これによってほぼ鷗外の学生時代の文学趣味なるものも想像できる。

明治六・七年（一八七三・四）頃には鷗外は漢文で『後光明天皇論』を書いているし、明治十七年（一八八四）三月の「東洋学芸雑誌」に載せた『盗侠行』は、鷗外が大学卒業前、明治十四年（一八八一）に草したものであって、ハウフの童話（Wilhelm Hauff : Das Märchen von falschen Prinzen）を漢詩体に意訳したものであった。卒業して陸軍に入ってからも、明治十五年（一八八二）頃に鷗外は朝顔日記や源氏五十四帖中の歌の漢訳を試みており、また鷗外が明治十四年（一八八一）九月はじめて新聞に載せた『河津金線君に質す』という文章は、河蝦《かはず》と蛙との区別をめぐる出典論議である。ドイツ人教師に教えられた専門の医学を除いて、幼時から学生時代を経て留学に至るまでの鷗外を培ってきた和漢の教養の大きいことが充分に察知されよう。

鷗外はまた寄席にもしばしば通った。「寄席に行かないと寝つかれない」ようになったこともあるという。「講釈に厭きて落語を聞く。落語に厭きて女義太夫をも聞く」（『キタ』）。

この寄席通いは学生時代に終らず、ほとんど留学の頃まで続いたようである（小金井・前掲書）。若い頃の鷗外の生活気分の一端を示すものとしてやはり興味のある一事実である。

さて、明治十四年（一八八一）の卒業を前にして、鷗外は軽い肋膜炎を病む。床についたわけではないが、家の心配は並大抵ではない。

「其（卒業の）前に少し健康が勝れなかつたので普通の下宿の賄では障つてはならぬと、お父う様やお母あ様がお案じになつて、前年の秋頃からお祖母あ様が一所に居て、御飯のこはい時には蒸すとか煮るとか、またお菜にもいろいろと気を附けてゐられたのです。……医者をして居た千住の家は暮正月はなかなか人の出入が多いし、下宿は地方の人が帰るので至つて静かだと云つて、其儘に過された。……お母あ様は何か口に合ふ物をと、いろいろ取りそろへて、千住は川魚の名物、そんなに好物ではないけれどもと、鰻を焼かせて夕食の間に合ふやうにと、大急ぎで車でお送りする。お兄い様の為めと云へば誰れも一所懸命に気を附けたものでした。」（小金井・前掲書）

五

かつて木下杢太郎氏はこう書かれたことがある（『森鷗外』）。

「側聞する所に拠ると、鷗外は少壮操觚《そうこ》の業に就かむとして賢母の止むる所となり、留学の間（?）外務省に転ぜんとして人の為めに阻められた。然し確不確の程は保証の限でない。」（註・「操觚の業」とは文筆業のこと）

そしてこの点について森於菟氏は次のように説明されている（『父親としての森鷗外』）。

「明治十四年七月に同級の最年少者として大学を出でその十二月には陸軍軍医副に任ぜられた。この時既に父が自分の意志を家の事情によつて曲げた事が初まる。父としては純正科学方面をなほ一科修めるとか、または全然方向を転じて文科に入るとかしたかつたらしい。ここに文科といふものは純文学の意味でなく政治の方に向ふ野心をかなりもつてゐたのだ。しかし祖父母は家に余財なく且つこの時には祖父は大分老境に入つて北千住で橘井堂医院の名で開業してゐたが診療も大儀に感じてゐた。そのため父は直ちに収入のある道に入る事を余儀なくせられたのである。父が操觚者たらんとして家のためにその望を捨てたといふ世間の噂はこれをいふのである。」

すでに医学に進んだというそのことが、家の意志の定むるところであったことを思わねばならない。鷗外は家の事情に制肘されて医学をしたことに必ずしも満足してはいなかった。後年、長男於菟氏が一高三部（医科）を受けたとき、鷗外は「於菟はおれが世話せぬと思つて、自分で飯を食ふつもりで医科に入るのかと腹を立てた」ということである（森於菟・前掲書）。

＊　木下氏の聞いたという鷗外が「少壮操觚の業に就かむとし」たとの噂が、「純文学の意味でなく政治の方に向ふ野心」という於菟氏の説明ですっかり明かにされたかどうかは問題である。もとより、明治十年（一八七七）の西南の役をはさんで民選議院設立建白や自由民権論をめぐって華華しい論議の渦まいていた当時の社会状勢から見て、鷗外自身は少しもそれらしきことを書き遺してはいないが、政治への野心――それがどのような方向のものであったにしろ――を鷗外が抱いたとしても決して不自然な話ではない。むしろ当然のことといってよいかもしれない。また、

唐木順三氏の指摘しておられるように（前掲書）、鷗外が陸軍で衛生学を専攻したことは、衛生学が「医学に於いて最も政治性の強い領域」であったためであり、充たされなかった自分の「政治の方に向ふ野心」を幾分かでも充たそうがためであったかもしれない。しかし、晩年における史伝ものの一つ『北条霞亭』（大正六年）には次のような文字が読まれる――「霞亭《かてい》の事蹟は頼山陽の墓碣銘《ぼけつめい》に由つて世に知られてゐる。文中わたくしに興味を覚えしめたのは、主として霞亭の嵯峨生活である。霞亭は学成りて未だ仕へざる三十二歳の時、弟碧山《へきざん》一人を挈《けつ》して嵯峨に棲《す》み、其状隠逸伝《いんいつでん》中の人に似てゐた。わたくしは嘗《かつ》て少《わか》うして大学を出《い》でた比《ころ》、此《かく》の如き夢の胸裡《きょうり》に往来したことがある。しかしわたくしは其事の理想として懐《いだ》くべくして、行実《かうじつ》に現すべからざるを謂《おも》つて、これを致す道を講ずるだに及ばずして罷《や》んだ。……」と。ここにいう若い頃の鷗外の「夢」は「政治の方に向う野心」というだけでは片づかぬものではなかったかと思われるのである。

鷗外が大学を卒業した頃には「家に余財なく」、「祖父も大分老境に入つて」、「そのため……直ちに収入のある道に入る事を余儀なくせられた」ことが事実であったにしても、それではどうして陸軍に入ったのであろうか。鷗外の終生の友人であった賀古鶴所氏によると、「大学を卒業したのが二十か二十一の時で卒業する前に陸軍から成績の好いのを七人ばかり来てくれと云ふ話があつた。本も沢山買つてくれるし、洋行もさしてくれる。馬にも乗れると云ふので森なども喜んで行つた」のであるという（「公人として私人として」・旧版鷗外全集月報七)。生活は保証されるし、やりたい勉強もさせてくれる。そのうえ官費で留学にもやってくれる。「馬にも乗れる」は賀古の冗談であろうが、小さいとさから「侍の家に生れた」(『妄想』)者として育てられた鷗外が軍人を嫌ったとも考えられない。まことに好条件である。しかしそれでもなお、鷗外が果して「喜んで行つた」のかどうか、は疑わしい。

どうも鷗外は陸軍に入らず東京大学医学部卒業生として文部省から留学させてもらうことを考えていたようである。その間の事情は明治十四年(一八八一)十一月二十日附の次の書簡によって推察される。(因みに、この極めて重要な、現存のものとして一番古い書簡は、新版鷗外全集にも収録されていない。「文芸臨時増刊・森鷗外読本」(昭和三十一年十一月)の「鷗外の手紙」と題する賀古弓絃氏の文中にはじめて発表されたものである。)

「一昨日ハ御来訪被下且御忠告之件モ有之先頃ノ御書状ヲ合セ考レハ貴君ノ誠意ヲ了スルニ足ル右ニ付今朝三宅秀氏ヲ訪ヒ相談ニ及ヒ候処同氏ノ言ニ洋行ノ事モ未タ決定セズ且三人以上ニハ成ルマジク其内一人ハ去年卒業ノ者歟モ知レズ撰法ハ試験成績ヲ主トス所詮卿ノ番ニナル可ラズ断念シテ然ル可シトイフ事ナレハ是非ナク思ヒ止リ申候然レ

ハ矢張双親共ノ意ニ遵ヒ陸軍省ニ出仕ノ外ハ無御座候此度ノ洋行一件種々聞合候事陸軍ノ諸官員ニ知レ候テハ綜理周密ナル省ノ人々自然首鼠両端ノ様ニ心得候モ難計候間此件ハ消滅ニ帰セシメ候此書モ他人ニハ御示被成間敷奉願候余ハ拝眉ノ時可申述候　頓首

二十日　林太郎

賀古鶴所様」

鷗外が大学を卒業した七月から陸軍軍医副任官の十二月までの間にこのようなことがあったのである。鷗外の卒業試験の成績は、外人教師シュルツェ（Schultze）に睨まれたりしたため、あまり芳ばしくなかったと言われているから、それでこの「試験成績ヲ主ト」して選ばれたのでは「所詮卿ノ番ニナル可ラズ断念シテ然ル可シトイフ事」になったのであろう。「然レハ矢張双親共ノ意ニ遵ヒ陸軍省ニ出仕ノ外ハ無御座候」という口ぶりは、決して「喜んで行つた」と言われるようなものではない。おそらく鷗外は留学できるという一つの希望にすべてを托して「陸軍省ニ出仕」し、「双親共ノ意ニ遵」うことにしたのだと考えられる。

しかし鷗外の心事はともかく、この陸軍軍医副任官は、家が鷗外によせていた期待の実現への第一歩、輝かしい立身出世の門出として、鷗外の家はあげて喜悦にみたされた。

「陸軍へお出になるときまつてから、新しい軍服や附属品が次次に届くのが皆の気分を明るくしました。金銀のモオルの附いた礼服はきらきらと綺麗でした。初めて拡げて見た時、『なかなか目方のあるものだね。』お祖母あ様は珍しさうに袖を持ち上げて仰しやいました。たつた二本の筋でしたけれど。後に袖一ぱいの金筋になつてからも、よく其折の事を思ひ出しました。お父う様はすつかりお喜びで、人力車を一台新しくこしらへさせ、それも光るのは卑しいと艶消に塗らせ、背を張る切地の色を選んだものでした。……お兄い様の服が出来ると一所に車夫の仕度も新調です。……お出かけの時は家内中揃つて見送ります。……夕方車夫の掛声勇ましく『お帰り』といつて車の音がひびきますと、弟を真先に誰れも誰れも駆け出します。お父う様のも『お帰り』と車夫が云ひますけれど、どうも其調子に活気が無いとお母あ様はお笑ひでした。車夫が近所の子供に、大人になつたら何になると聞きましたら、『お帰り』と車で帰るやうになると云つたと笑つて居ました。」（小金井・前掲書）

たとえ鷗外に己れの志をまげて陸軍に入ったという不満があったにしても、このような一家をあげての喜びを前にしては、その不満も柔がざるをえなかったであろう。それに元来が陸軍入りは種々の好条件を伴っていたのである。しかし、鷗外が真に心の底から待望していたと思われる洋行・留学のことは、なかなかに実現されるに至らなかった。ドイツ留学までには、鷗外はなお二年半の歳月を待たなければならない。その間、鷗外は陸軍軍医副（明治十六年（一八八三）には陸軍二等軍医と改称）の位にあって、東京陸軍病院課僚、陸軍軍医本部課僚、東部検閲監軍部長属員等を仰付けられ、軍医本部庶務課課僚としてはプロイセンの陸軍衛生制度を取調べ、プラーゲルの陸軍衛生制度書によって「医政全書稿本」十二巻を編述するというような仕事をしていたのであった。

＊　『自紀材料』明治十六年（一八八三）三月の項に、「二十六日橋本綱常氏を訪ひて欧洲に随行せんと乞ふ。聴かれず。」と記されている。橋本綱常は当時東京陸軍病院長であり、東京大学教授をも兼ねていた軍医で、このとき大山陸軍卿の随員として欧洲派遣を命ぜられていたのである。この橋本綱常を外祖父にもつ奥野信太郎氏が祖母から聞いたとして書かれている次の話は、このときのことではないかと思われるが、当時の若い鷗外の洋行・留学への熱意をうかがわせる一資料として興味深い。

「いよいよ出発も間近くなったころ、留学希望の熱意に燃えてゐた当時の青年軍医鷗外は、ある朝出勤直前の祖父を来訪した。祖父は今日はしばらくすると一旦帰宅するからと鷗外を待たせて出かけた。祖父は出勤先から第二病院の手術に廻り、自宅に鷗外の待っているることを綺麗に忘れ、帰宅したのは夜七時ごろになつてしまつた。ところが鷗外は十数時間待ちつづけ、やつと祖父にあつて、欧洲に随行して留学の便を得たいといふ希望を述べたが、随行員も内定しもはや如何ともなり難い由を聞かされ、鷗外は悄然として引きとつた。その後間もなくこれとは別個に留学の件が実現し、かくて祖父はベルリンでまたもや鷗外とあつたのである。」(「鷗外先生と祖父」・新版鷗外全集月報二六)

第二章　ドイツ留学

一

明治十七年（一八八四）六月、いよいよ待ちに待ったドイツ留学の命が鷗外に与えられる。横浜出航は八月二十四日であった。鷗外の『航西日記』は次のように書きはじめられている。

「明治十七年八月二十三日。午後六時汽車発東京。抵横浜。投於林家。此行受命在六月十七日。赴徳国修衛生学兼詢陸軍医事也。七月二十八日詣闕拝天顔。辞別宗廟。八月二十日至陸軍省領封伝。初余之卒業於大学也。蚤有航西之志。以為今之医学。自泰西来。縦使観其文諷其音。而苟非親履其境。則郢書燕説耳。至明治十四年叨辱学士称。賦詩曰。一笑名優質却孱。依然古態聳吟肩。観花僅覚真歓事。題塔誰誇最少年。唯識蘇生愧牛後。

空教阿遜着鞭先。昂々未折雄飛志。夢駕長風万里船。蓋神已飛於易北河畔矣。未幾任軍医。為軍医本部僚属。躑躅鞅掌。汨没于簿書案牘之間者。三年於此。而今有茲行。欲毋喜不可得也。」

大学卒業以来待望の夢が、「簿《ぼ》書《しよ》案《あん》牘《とく》之間に汨没《べきぼつ》する」こと三年にして、ようやく今実現されるという、「喜ばざらんと欲して得べからざる」青年鷗外の誇らかな喜悦の情をはっきりとここに読みとることができるであろう。

しかしながら、やはりまず留意しておく必要があるのは、彼の留学が日本陸軍の命による派遣という形で実現せられたということである。鷗外の官費留学は、中野重治氏の表現を借用すれば（前掲書）、「陸軍軍医部へ養子縁組」することによってはじめて得られたものであった。「七月二十八日闕に詣で天顔を拝す」――これはあたかも出発を前にしての固めの式であったかの如くである。

鷗外の留学については、すでに一年前の明治十六年（一八八三）六月に陸軍衛生部から上申書が提出されており、それには「別紙」の説明書が添えられて、次のように記されていた（山田弘倫『軍医森鷗外』）。

「先年池田謙斎、橋本綱常、坂井直常等引続キ独逸国留学被仰付、帰朝之上夫々御用弁相成候得共、何レモ専ラ普通医学相修メ候儀ニ有之、坂井直常儀ハ医務取調ノ為メ被差遣候儀ニ候得共、是迚以テ三ケ年間ハ普通医学ニ従事残弐ケ年ニ於テ専ラ陸軍医事取調ニ従事候積之処、三ケ年目之末ヨリ病気ニテ遂ニ致帰国候次第故、現今独逸陸軍々医部建制ノ詳細ヲ取調候ニハ単ニ書籍上ニ拠リ候外致方無之、左候テハ尚不悉箇条不少、方今軍備御拡張之際ニ候間、尚又壱名彼国留学被仰付度、尤今回之儀ハ兼テ東京大学医学部ニ於テ卒業ノ上軍医官ニ就職罷在候者之内ヨリ選抜致候得ハ、独逸学ハ勿論普通医学之儀ハ充分ニ候間、渡航ノ上ハ直ニ彼軍衙又ハ軍隊ヘ入リ陸軍医務充分被為研究度、依テ此段申進候也。

　追テ普通医学中ノ各専門ハ、文部省ヨリ年々数人為留学差遣相成、又海軍医務ニ付テハ海軍省ヨリ当時両人英国ニ差遣相成居候儀ニ付、本文ノ通単ニ陸軍医務取調ノ為メ被差遣度申出候儀ニ御座候。」

ここにあえて長文のこの上申書の一部を引用したのは、これによって、なんとか鷗外をドイツ留学に派遣しようとする陸軍衛生部の苦心――留学した鷗外は実際にはこの上申書に見られる「陸軍医務取調」の仕事よりも衛生学の研究を主としていて、陸軍省に対する体面から医務取調のための隊附医官を命ぜられたのは帰朝前の四ヵ月にすぎなかった――がうかがわれると思ったからであり、また更に重要なこととして、鷗外の留学が「方今軍備御拡張」の勢いに沿うて行われたものであることがここに明瞭に示されているからである。

事実、明治五年（一八七二）の徴兵令発布以来、明治政府は明治十年の西南の役における試煉を経て、今度は清国の軍備拡大を理由に着々と「外患」にそなえる軍備拡充を計りつつあったのである。しかもこの明治政府は他方において、明治七年（一八七四）の民選議院設立建白にはじまる自由民権運動の高まりを、あるいは讒謗律《ざんぼうりつ》・新聞条令の発布（明治八年・一八七五）により、あるいは集会条令の施行（明治十三年・一八八〇）によって弾圧し、また明治十四年（一八八一）には国会開設の大詔を渙発して運動の鋒先を巧みにかわしながら、次第にその国家体制の整備を進めていたのであった。明治十五年（一八八二）には福島事件、十六年（一八八三）には高田事件、十七年（一八八四）には群馬事件、加波山事件、秩父事件の相継ぐ諸事件において、自由民権運動は最後の高潮点に達したのであるが、いずれもみな徹底的に鎮圧せしめられ、十七年（一八八四）十月には自由党の解党を見、十八年（一八八五）末には内閣官制が完成され（初代首相伊藤博文）、やがて明治二十二年（一八八九）の帝国憲法発布に至るのである。このような動きの中で、鷗外はまさに自由民権運動の爆発力が頂点に達した明治十七年（一八八四）に、これを弾圧する当の絶対主義権力の側から、整備拡充につとめつつある日本陸軍の一軍医として、ドイツ留学に発ったのであった。この事実は、鷗外のドイツ留学について考える場合に、まず第一に注目しておかなければならない事実であると思われる。というのは、鷗外の留学がこのような性質のものであったことによって、後の『独逸日記』を多彩に色どる留学中の活動や見聞の一切は積極的にも消極的にも保証されていたからである。

第二に注目すべき点は、鷗外が留学した当時のドイツの状況である。後に鷗外は『妄想』においてこう書いている――「自分は伯林《ベルリン》にゐた。列強の均衡を破つて、独逸といふ野蛮な響の詞《ことば》にどつしりした重みを持たせたヰルヘルム第一世がまだ世にをられた。今のヰルヘルム二世のやうに、dämonisch な威力を下に加へて、抑へて行かれるのではなくて、自然の重みの下に社会民政党は喘ぎ悶えてゐたのである。」果してヰルヘルム一世の時代には dämonisch な威力が下に加えられていなかったかどうかは問題であるから、それは一応措くとしても、鷗外の行っていたドイツがヰルヘルム一世のドイツであって、ヰルヘルム二世のドイツではなかったという点はかなり重要な意味をもつ事柄であるとしてよい。ヰルヘルム一世時代とヰルヘルム二世時代とでは同じドイツでも事情がだいぶ違うのである。

ヰルヘルム一世が普仏戦争に勝利を得て統一ドイツ帝国の皇帝となったのは、ようやく一八七一年（明治四年）のことであったが、それ以後における後進国ドイツの資本主義化・工業化は著しく急テンポの進展を示した。もとよりそれは、周知のように、ドイツの市民階級の自力だけでなしとげられたものではなく、ビスマルク Bismarck (1815–98) に代表せられるプロイセンの封建的・保守的なユンカーとの妥協によって、その富国強兵政策のもとにはじめて可能にされたものであった。ここに、国民的統一・産業国家形成の課題を、自由の犠牲において上から達成した帝政ドイツの繁栄がもたらされたのである。

＊ 「ブルジョアジーは黄金輝く栄光を頒ち与えてくれた〈俗人《ゼクラール・メンシュ》〉（ビスマルクのこと）の前に腹を地にすりつけて平伏した。ビスマルク自身はこのご大層な臣順を愛想よく受け容れはしたが、それに対して何も報ゆるところはなかった。ブルジョアジーの政治的要求はこれまでと同様鉄拳を以って抑圧した。……しかし経済的領域では、ビスマルクはブルジョアジーになお自由な活動の余地を与え、資本主義的発展の途上に横たわる障害は、新帝国建設の最初の数年間に除去

せられたのであった。」――F. Mehring, Deutsche Geschichte vom Anfang des Mittelalters, 1910 (Dietz Verlag, 1947. S. 256〔邦訳、改造文庫、三一四頁〕)

このような新興国ドイツが、東洋の後進国たる日本の明治初期為政者たちの眼に絶好の範型と映ったのであり、鷗外が行ったのもまさにこのドイツの隆昌期であった。欧米先進諸国の追跡に全力を挙げて努めていた日本が、このドイツに範を求め、教導を乞うたとき、それに対してこの時期におけるドイツは先進国として寛大な指導と好意の手をさし伸べられる位置と状況にあったのである。極東の一小国は、当時のドイツの眼中においてはいまだ何ものでもなかった。ところが、ヰルヘルム二世の即位――それは鷗外の帰朝した年、一八八八年（明治二十一年）である――以後のドイツは、ビスマルクも退き、従来の国内政策・ヨーロッパ政策の段階から、更に露骨な軍備拡張による世界政策の段階へと進んでゆき、その帝国主義政策の伸展してゆくところ、日本もまた一つの国際的勢力として敵対視されるに至るのである。もちろん、それはドイツ一国だけの変貌であったのではなく、日本を含む全世界的状況の変化でもあったが、明治二十七・八年（一八九四・九五）の日清戦争後、三国干渉の音頭とりをしたのはドイツであったし、また日露戦争前後における喧しい「黄禍論」の唱導者となったのはドイツ皇帝ヰルヘルム二世その人であった。

＊ この「黄禍論」については、鷗外自身が明治三十六年（一九〇三）十一月に早稲田大学で行なった課外講義『黄禍論梗概』がある。Samson-Himmelstjerna, Die gelbe Gefahr als Moral-problem. 1902. の紹介である。また同年六月に国語漢文学会で鷗外が行なった講演『人種哲学梗概』は、やはり当時ヨーロッパを風靡した人種論 Gobineau, Essai sur l'inégalité des races humaines. 1853. の紹介である。

このような事情を考えるとき、鷗外の明治十七年（一八八四）から二十一年（一八八八）に至るドイツ留学は、時期的にきわめて幸運な留学であったと言わねばならないであろう。たとえば、次の『舞姫』の一節――「余が鈴索を引き鳴らして謁を通じ、おほやけの紹介状を出だして東来の意を告げし普魯亜《プロシヤ》の官員は、皆快く余を迎へ、公使館よりの手つゞきだに事なく済みたらましかば、何事にもあれ、教へもし伝へもせむと約しき。」――これは『独逸日記』の数々の記事が裏書きしているように、そのまま鷗外自身の上に移してよいと考えられるが、このような好遇は、やはり先に触れた日本陸軍軍医としての留学という留学の性質と、ここに今述べた留学の時期の幸運とを除いては、ありえないものではなかったろうか。もとより、『独逸日記』に見られるような鷗外に対するザクセン軍医団長ロオト(Wilhelm Roth)やミュンヒェンにおける衛生学の師ペッテンコオフェル(Max von Pettenkofer, 1818—1901)等の美しい好意と厚情は、それぞれの人の優れた人格のおのずからなる発現であったのではあるが、しかもなお、鷗外に日本陸軍軍医という資格があり、「稀な《ララ・テン》る時の幸《ボルウム・フエリキタアテ》」あってこそ、その優れて美しい人格の発現も可能であったと言うことができるであろう。

二

それでは、このような時期のドイツに陸軍留学生としての四年間を送った青年鷗外の実際の生活はどのようなものであったか。「自分がまだ二十代で、全く処女のやうな官能を以て、外界のあらゆる出来事に反応して、内には嘗て挫折したことのない力を蓄えてゐた」(『妄想』)と回想されるこの留学時代の鷗外は、ドイツで何を体験し、何を学んだのであったか。——

横浜出航以後ベルリン到着の日まで漢文で綴ってきた『航西日記』に代えて、ベルリン到着後のドイツでの生活を書き記したいわゆる雅文体の『独逸日記』には、冒頭に次のような一節がある。

「明治十七年十月十二日。伯林に着きたる翌日なり。朝まだきに佐藤三吉わがシャドオ街 Schadowstrasse の旅店 Hotel garni zum Deutschen Kaiser に音信れ来て、共にカルヽスプラッツ Karlsplatz の旅店 Töpfer's Hotel に宿れる橋本氏綱常がりゆかんと勧めぬ。詣り着きて、拝をなしゝに、橋本氏手をうち振りて、頭地を搶《つ》くやうなる礼をばせぬものぞと、先づ戒められぬ。後に人々に聞けば、欧洲にては、教育を受けたりといふ限の少年は、舞踏の師に就きて、いかに立ち、いかに坐り、いかに拝み、いかに跪くが善しと、丁寧にをしへらるゝことなれば、久しくこの地にありて、こゝの人とのみ交り居りて、忽ち郷人の粗野なる態度をなすさまを見るときは、可笑さ堪へがたきものなりとぞ。……」

またその翌日、時のドイツ駐在公使青木周蔵に会ったときのこととして、「公使のいはく衛生学を修むるは善し。されど帰りて直ちにこれを実施せむこと、恐らくは難かるべし。足の指の間に、下駄の緒挾みて行く民に、衛生論はいらぬ事ぞ。学問とは書を読むのみをいふにあらず。欧洲人の思想はいかに、その生活はいかに、その礼儀はいかに、これだに善く観れば、洋行の手柄は充分ならむといはれぬ。」という公使の言葉も記してある。日本から着て行った軍服も目立ってよくないからと、それを脱ぎ捨てて、ここに日本とは全然文化的伝統・社会的風習を異にする国の生活に入ったのである。その新しい環境の中で生活し、この生活を通じて「欧洲人の思想はいかに、その生活はいかに、その礼儀はいかに」を理解すること、これが鷗外に与えられた第一の重要課題なのであった。鷗外はすでにドイツ語には充分精通しており、この地に来てもはじめから「聾唖《ろうあ》之病を免れ得」(『航西日記』)たほどであったから、その課題達成のための不可欠の手段はまず身につけていたわけである。

かくして今や、「昼は講堂や Laboratorium で、生き生きした青年の間に立ち交《まじ》つて働く。何事につけても不器用で、癡重《ちちよう》といふやうな処のある欧羅巴人を凌いで、軽捷に立ち働いて得意がるやうな心も起る。夜は芝居を見る。舞踏場にゆく。それから珈琲店に時刻を移して、帰り道には街燈丈が寂しい光を放つて、馬車を乗り廻す掃除人足が掃除をし始める頃にぶらぶら帰る。素直に帰らないこともある。」(『妄想』)という生活がはじまる。『独逸日記』には幾たびか、「興を尽して帰る」「歓を尽して帰る」等の文字が書き込まれる。王宮のアッサンブレエやソアレエに出る。軍人の社交場にも行く。景勝の地に遊びもする。大学生の決闘を見にゆく。かと思うと、社会党の演説会にも顔を出す。そこには、ドイツにあってヨーロッパ文明の空気を完全に呼吸して、自由に動きまわっている若々しい鷗外の姿が見られるのである。

もちろん、このようなことが可能であるためには、前節に触れた陸軍二等軍医という資格とか時期の幸運とかの種々の条件が必要であったのではあるが、逆に言えば条件はあくまで条件たるにすぎないのであるから、鷗外がドイツでの生活の雰囲気の中にすっかりと融け込んで生活しえたということは、これはこれとして注目すべき事柄であるとしなくてはならない。鷗外がこれまでの二十年間を過してきた日本の社会とは、全然異質の、言語を異にし風俗習慣から生活原理に至る一切を異にする社会での生活体験は、鷗外にヨーロッパの学問・技術・思想・芸術・道徳等がそこにおいて生れ育つ基盤を認識せしめることとなった。ヨーロッパ文化として結実しているものを、摘みとられ陳列された形においてではなく、まさにそこの土壌に根ざし、そこの空気の中に育ち、花開き実を結ぶ、そういうものとして理解する眼が、ここで養われたのである。それは文化の歴史性・伝統性への着眼である。ここから当然、明治の日本文化の現状、皮相な欧化主義の風潮への批判も導き出されてくるわけである。

明治二十年（一八八七）四月以降のベルリン時代の独文ノート——Eindrücke, Ideensplitter——には、「国民性の保持」（Erhaltung der Nationalität）、「読売新聞、英語為邦語之論」を反駁すべし、等の文字が読まれる。そしてロシアやドイツの例をひき、「日本有美妙 Literatur. 而猶為容他邦之語之念、可怪訝」と記して、更に「文明は歴史的基底の上に存する。……たんにうまく考えられただけの理想などは実現しうるものではない。」（Die Civilization ruht auf die historische Grundlage ; ……Die Realisirung eines durchdachten Ideals gehört zur Unmöglichkeit.）と書かれている。東京の市区改正論についても、「やはり一種の理想実現の試み」（Auch eine Art Realisirungsversuch eines Ideals）と記し、「尊虚卑実」の改正論をいましめて、「ベルリンの以前の衛生状態、下水設備のための闘い、而して今を見よ！」（Berliner früherer sanitärer Zustand, Kampf um die Canalization, und siehe da!）と書きつけている。市区改正というような問題も決して一朝一夕に成るものではないこと、根気強い基礎工事の必要なことを説いたものである。また「日本宗教 Brāma ; Christentum ニ化スル ノ良否（Lessing's Nathan）」というような言葉も記されている。レッシングの『賢者ナータン』に語られている三つの指環の譬喩にしたがえば、「Christenntum ニ化スル」ことは無用であろう、という鷗外の気持でもあろうか。いずれにしろ、帰朝後のいわゆる「洋行帰りの保守主義者」(『妄想』)の面目がすでにはっきりとここに現われてきているのである。それは文化の生育する基盤、文化の歴史性・伝統性を重視することによって、ただ頭の中だけからひねり出された理想図の現実化は不可能だとする立場である。

三

留学中の鷗外が専攻した医学・衛生学上の研究業績は、そのほとんどすべてがドイツ語で書かれ、ドイツの学術雑誌に発表されている。この医学・衛生学の研究が一応鷗外のドイツ留学の中心目的であったことは言うまでもない。

明治十七年(一八八四)十月以降、ライプツィヒで師事したホフマン(Franz Hofmann)のもとで完成されたものに、»Japanische Soldatenkost von Voit'schen Standpuncte«(「日本兵食論」)――Archiv für Hygiene, Bd. V.――、及び»Ethnographisch-hygienische Studie über die Wohnhäuser in Japan«(「日本家屋論」)――Verhandlungen der anthropologischen Gesellschaft. 1888.――がある。

明治十九年（一八八六）三月以降、ミュンヒェンのペッテンコオフェルの教室において講師レエマン(K. B. Lehmann) と共同で仕上げた仕事としては、》Über die diuretische Wirkung des Biers《（「ビールの利尿作用に就いて」）——Archiv für Hygiene. Bd. VII. ——、及び》Über die Giftigkeit und die Entgiftung der Samen von Agrostemma githago (Kornrade)《（「アグロステンマ・ギタゴの有毒性とその解毒に就いて」）——Archiv für Hygiene. Bd. IX. ——がある。

明治二十年（一八八七）四月以降、ベルリンのコッホ(Robert Koch, 1843—1910) のもとで完成したのは、》Über pathogene Bakterien im Canalwasser《（「水道中の病原菌に就いて」）——Archiv für Hygiene. Bd. IV. ——である。なお、この時期に、》Beriberi und Cholera in Japan《（「日本における脚気とコレラ」）——Deutsche medizinische Wochenschrift. Nr. 52. 1887. ——という小論文も発表されている。

以上の如きものが留学中の医学・衛生学上の研究業績であるが、後で見るように、帰朝後は科学者としての研究に手をつけることがほとんど許されなかった鷗外の医学・衛生学上の学問的業績としては、「天晴衛生学を研究して、試験室の中で大発明をでも致さうと思つて居た」（『衛生談』明治三十六年）この時代の業績がすべてであったと言ってよいのである。

『日本兵食論』と『日本家屋論』は、表題の示す通り、日本食・日本兵食、日本家屋の可否を検討したものであるが、「現在の日本は革新と改良の時代である。この革新と改良への努力は公衆衛生の領域にまで及び、ヨーロッパの食餌と衣服の輸入、ヨーロッパの範型にならう建築様式の改変、これが今日の主要問題となっている。」(Die Gegenwart Japans ist eine Zeit der Neuerungen und Verbesserungen. Das Streben hiernach dehnt sich auch auf das Gebiet der öffentlichen Gesundheitspflege aus. Die Einführung der europäischen Nahrung und Kleidung, die Umgestaltung der Bauart nach europäischem Muster gehören zu den Hauptfragen der Zeit.) というような『日本家屋論』の書き出しの言葉に見られるように、明治初年以来の「文明開化」政策の線に沿うて明治十年代後半に鼓吹されるに至った鹿鳴館的欧化主義・改良運動の風潮の中で、これらの問題を検討する必要が生み出されてきたのである。何でもかでも欧風のものがよいといって日本食・日本家屋が捨てられねばならぬ科学的（医学的・衛生学的）根拠が一体あるのかどうか、これが鷗外の検討せんとした問題であった。とくに日本食の可否の問題は海軍の西洋食採用とからんで、陸軍にとって緊急の解決を迫られた重要問題であった。これに対して鷗外が『日本兵食論』において与えた解答は、日本陸軍が西洋食を採用するには非常な困難が伴うこと、多くの実験結果の数字に照らして在来の日本食によっても充分の栄養をとることができるということであった。その本文に附けられた註の一つに、鷗外は、洋風摂取に急なるあまり旧来の風習に代えようとする当の改革の内容の検討をおろそかにすることをいましめ、「忘られてならないことは、数百年来よしとされてきた風俗習慣にはなにか良い内実があるにちがいないということだ。さもなければそれ程永く続いてくることはなかつたであろう。」(Man sollte doch nie vergessen, dass Sitten und Gebräuche, die sich viele Jahrhunderte auf das beste bewährt haben, einen guten Kern haben müssen, sonst hätten sie sich nicht so lange erhalten!) と書いている。また『日本家屋論』においても鷗外は、徒らに欧風建築の真似をすべきではなく、現在の日本家屋の利点を保持することによってのみ、「日本における建築様式の合理的・現実的な改良」(eine rationelle wirkliche Verbesserung der Bauart in Japan) が可能であることを、衛生学的検討から導き出された結論として強調したのである。これらの研究もまた帰朝後の「洋行帰りの保守主義者」鷗外の活動の支えとなった研究であって、あくまで「合理的・現実的な改良」の道をとらんとするのが鷗外の態度なのである。

『日本における脚気とコレラ』という小論文は、日本で働いていたアメリカの医療宣教師シモンズ(D. B. Simmons, 1834—89) が》Centralblatt für Bacteriologie und Parasitenkunde《に発表した論文が、日本におけるコレラ予防の事や脚気の原因などを誤り伝えて日本文化の現状についての誤った見解を読者に抱かせるおそれがあるとして、その誤謬を一々指摘反論したものである。木下杢太郎氏は、この「短章は極めて名文で、其体老熟、他の日本学者の外国語医学論文の比ではない」と評されている(前掲書)。先にも引用したベルリン時代のノートに、鷗外は「西洋ニ在リテ日本ノ事ヲ新聞等ニ出シ国ノ品位ヲ高カラシムルノ人ヲ得タシ」と書きつけているが、西洋人の日本に対する正しい認識を拡めて「国ノ品位ヲ高カラシムル」役割をここで鷗外自らが買って出ているわけである。このような外国人の日本観是正のための努力は、すでに前年(明治十九年)ナウマン駁論においてより大きな規模で行われていたものであった。これについては改めて次節で取扱うことにする。

さて、『ビールの利尿作用に就いて』、『アグロステンマ・ギタゴの有毒性とその解毒に就いて』、『水道中の病原菌に就いて』という三つの論文は純然たる専門的医学論文である。帰朝後の明治二十四年(一八九一)八月に鷗外は医学博士の学位を授けられるが、そのとき履歴の概略を語ることを求められた鷗外は、「医学者の履歴と言へば、その業《アルバイト》を列挙するのが一番たしか」であるとして、先に列挙したいくつかの留学中の仕事について語っているが、中でも「真のエキサクトの学問から言つて取らるもの」はこの三篇くらいなものであると言っている（『森林太郎氏が履歴の概略』）。当代ドイツにおける一流の学者であるペッテンコオフェルやコッホ等のもとで仕上げたこの三つの学問的業績については、鷗外もかなりの自信をもっていたようである。そしてこの自信があればこそ、帰朝後の鷗外の医学方面における啓蒙活動も行われえたのである。

鷗外はあのベルリン時代のノートに、日本の大学が奨励しなければいけないのは、「ヨーロッパにおいて教育された学者（医学）を自力のアルバイトによって独立に継続育成することだ！」（Selbs ändige Fortbildung der in Europa gebildeten Gelehrten (Medicine) durch eigene ,,Arbeiten"!）と書いている。またそれにつづけて、「欧洲医学ノ受売ト買出シハ可嫌也。——Pädagogische Zweck（教育的目的）ニ用ル模型類ヲ買フヲ止メテ Forschungszweck（研究目的）ニ用ル器械書籍ヲ買フ可シ。」と書き、別のところに更に「Forschung（研究）ノ Frucht（成果）ヲ教ルノ期ハ去レリ Forschung ヲ教ユベシ。」とも書きつけている。欧洲医学の成果をただそのまま持ってきて、それを成果として教え込むだけでは駄目なので、「自力のアルバイト」によって成果を生み出せるようにならなくてはいけないというのである。

そしてその Forschung の方法としての「実験と観察」(Experimente u. Observationen――A.) の重要性に着目し、これと「科学的真理」(Wissenschaftliche Wahrheit――B.) との関係について、「A―実験と観察―を通らずにB―科学的真理―に到達することができるか？ 不可能である。「自然」という家はそう都合よくはできていない。――AからBへの道程は簡単なものであるか？ 否、極めて複雑である！」(Kann man zu B gelangen, ohne durch A zu gehen? Unmöglich; das Haus „Natur" ist unbequem construirt. ――Ist der Gang von A zu B einfach? Nein, sehr complicirt!) と書いている。「古来東洋ノ学医」がみな科学的真理に到達しえなかったのは、この「実験と観察」という方法を欠き、「直観!?」(Intuition?!) に頼ったからにほかならないというのである。

このような観点から、鷗外は二人の師コッホとペッテンコオフェルの科学者としての資質・態度を比較し、後者の壮大な理論構成に長ずる包括的・哲学的頭脳 (Herrliches Gebäude der Theorien.……Begeisterung.……Allumfassender Geist, philosophischer Kopf……Scheitert da, wo alle Philosophien scheitern.) よりも、前者の着実な材料蒐集にもとづいて冷静に確実な真理を把握してゆく態度 (Sammler der Steine zum Aufbau der Wissenschaft.……Ernst (wissenschaftlicher).……Bescheidenheit……Daher Unerschütterlichkeit all' seiner Hab und Gut.) の

方を高く評価して、「日本における医学の発展のためには、能う限り多くのコッホのあることが望ましい――ペッテンコオフェルの如き人は必ずしもなくてはならぬとは思われない。」(Zur Entw. der Medicin in Japan wünschen wir, dass wir moeglichst viel Koch haben, ――Pettenkofer halte ich nicht für unentbehrlich) と述べている。鷗外は、人柄としてはコッホよりもペッテンコオフェルにより大きな敬愛の情を寄せていたと思われるが、それとはっきり区別して、科学者としてのコッホをこのように高く評価していることは、鷗外が「実験と観察」という近代的自然科学の方法をいかに重視していたかを示すものである。一々の研究業績もさることながら、鷗外がこの科学的方法ないし科学的精神を充分に理解し、体得しえたということは、鷗外のドイツ留学における一つの大きな成果であったと言わなければならないであろう。

* こういう実験的自然科学としての医学研究を日本で発展させるために、更に鷗外はその研究成果を発表しうる「医事新聞」を発行することをも考えている。とかく「考えばかりお先ばしりして現実の文化は遅々たる進展しか示さないという対立」(Gegensatz von rasch sich entwickelnder Gedanken und traege fortschreitender Cultur) があるものだから、「究極目標は(できるだけ)両者を統一」(Endzweck = Vereinigung (möglichste) beider) した「日本大医事新聞」にあるが、「一時の便法」(Provisorische Einrichtung) としては「独文医事新聞」を出すのがよい。「その

理由は、(1)われわれのアルバイトは日本の医者には理解されえないから、(2)いかに現実の文化に先ばしりしていようとそれでもやはり思想の発展は阻止されてはならないからである。」(Weil 1.) unsere Arbeiten nicht von japanischen Medicinern verstanden werden können, 2.) die Gedankenentwicklung trotz ihren Vorsprungs vor der Cultur――nicht gehemmt werden darf.) しかし、あくまでこれは「必要悪」(notwendiges Übel) としてとられた手段にすぎない。「極端ニ走ルヿ読売論者ノ如クナレバ日本医者社会ハ独語ニスベシト言フニ至ル所不欲也」。しかも、一方で鷗外はドイツにおけるデュ・ボア・レーモンやヘルムホルツにならって、「Populaere Vortraege (通俗講話) ヲ専門トシ福沢ノ政学ニ於ケル如ク日本ニテ働カバ其利大ナラン」とも考えている。いずれも、なんとかして日本に実験的・科学的医学を、Forschung を盛んならしめたいという熱意に発する計画であり考案である。実際に鷗外が帰朝後に行なった啓蒙活動は、ここで考えられたのとは大分違った形をとることになるが、基本的な理念は、この留学中に鷗外の固い信念となったものが一貫して変ることがなかった。

四

『日本における脚気とコレラ』という小論文が、米人シモンズの日本における病気についての記述の誤謬を指摘し反論するために書かれたことは、前節に見た通りであるが、これがもっと一般的な問題についてなされたのが、ナウマン（Edmund Naumann, 1850―1927）に対する駁論であった。その経緯は『独逸日記』によって知られる。

ことは明治十九年（一八八六）三月六日夜のドレスデン地学協会年祭におけるナウマンの日本と題する演説に発する。ナウマンは永らく日本に在って旭日章を佩して帰国したという地質学者であったが、日本の地勢・風俗・政治・技芸等にわたる彼の式場演説に不穏の言辞が少くなく、「日本の開明の度」を著しく低いものに印象づけたことに鷗外ははなはだ不満であった。しかし、式場演説には論駁が許されない。鷗外はひとり「懊悩を極めた」。ザクセン軍医団長ロオトほどの有識者も、ナウマンの論を妥当なものとしているのを見て、鷗外の「不平は益〻加はり、飲啖皆味を覚え」ぬ程となった。ところが、たまたま晩餐会の席上でのナウマンの挨拶の中に、仏教では女子に心なしと説く云々の言葉があったのを捉え、鷗外は「夫れ式場演説は駁す可らず。酒間の戯語は弁ず可し。今他《かれ》を談笑の下に屈するときは、以て今夕の恨を散ずるに足らん。」と、早速に発言を求めて立上った。

「在席の人々よ。余が拙き独逸語もて、人々殊に貴婦人の御聞に達せんとするは他事に非ず。余は仏教中の人なり。仏者として演説すべし。今ナウマン君の言に依れば、仏者は貴婦人方に心なしといふとの事なり。されば貴婦人方は、余も亦此念を為すと思ひ給ふならん。余は弁ぜざることを得ざるなり。夫れ仏とは何ぞや。覚者の義なり。経文中女人成仏の例多し。是れ女人も亦覚者となるなり。女人既に能く覚者となる。豈心なきことを得んや。貴婦人方よ。余は聊か仏教信者の為に寃を雪ぎ、余が貴婦人方を尊敬することの、決して耶蘇教徒に劣らざるを證せんと欲するのみ。請ふらくは人々よ、余と与《とも》に杯を挙げて婦人の美しき心の為に傾けられよ。」

この即席の演説は人々の賞讃をかちえ、「森子は談笑の間能く故国の為に寃を雪《すす》ぎ讐を報じたり。駁したる所は些細なれども、人をして他の議論の多く此の如く妄誕なるべきを思はしめたり。是れ全日本形勢論を駁したるに同じ。」と後日評せられた。鷗外はこれで溜飲を下げ、「今夕の恨を散ずる」意図を達成することができたわけである。

ところが、これだけでは済まなかった。**というのは**、ナウマンがその後『日本聯島の地と民と』》Land und Leute der japanischen Inselkette《という文章をアルゲマイネ・ツァイトゥング紙に載せ、またミュンヒェン人類学会における同趣旨の演説も間もなく同紙に発表されたからである。鷗外は直ちに駁ナウマン論の稿を起し、同年の暮近く、師ペッテンコオフェルの閲を経て、これを同じアルゲマイネ・ツァイトゥング紙に載せた。》Die Wahrheit über Japan《（「日本に関する真相」）がそれである。これに対して今度はナウマンが長文の弁駁文を作って、翌年一月の新聞に発表したが、鷗外はこれにもまた、》Noch einmal ,,Die Wahrheit über Japan“《（「日本に関する真相」再論）と題する駁ナウマン論第二篇を書いている。先のドレスデン地学協会のときの反駁が示しているように、鷗外の意図したところはあくまで「故国の為に冤を雪ぎ讐を報」ずること、外国人の誤れる日本観を排して「国ノ品位ヲ高カラシムル」ことにあった。異邦にあってますます強められたであろう鷗外のパトリオティズムの発現である。

『日本に関する真相』の内容は多岐にわたっているが、鷗外はいくつかの項目を立てて一々ナウマンの言説の論駁につとめている。――

「日本人とアイヌ」については、ナウマンの言うような先住民アイヌへの圧制の事実はないこと。「衣食住」についてのナウマンの誤謬は自分のいくつかの実験的研究によって反駁せられること。「健康状態」に関してナウマンが日本に伝染病の発生が多いと報告しているのは統計的に間違いであること。「風俗習慣」についてのナウマンの言は不正確であり、日本人は決して多妻主義者《ポリガミスト》ではなく一妻主義者《モノガミスト》であること、等々。ここで鷗外はこんなことも書いている。「彼が更に日本人の悪趣味――「盲目性」――について語るとき、私は正直に告白する、日本人はたとえば古代ギリシヤ人の如き高度の美感を発展せしめた民族と接触したことがなかつたから、真の美感は日本人のもとでは展開されえなかつたのだ、と。だが、俗衆の悪趣味がかこたれずにいる国が一体どこにあるだろうか?」(Wenn er weiter von dem schlechten Geschmacke――,,der Blindheit“――der Japaner spricht, so gestehe ich, dass der wahre Schönheitssinn bei den Japanern sich nicht entwickeln konnte, weil sie mit keinem Volke von hochentwickeltem Schönheitssinne, wie die alten Griechen, in Berührung kamen! Doch in welchem Lande klagt man nicht über den schlechten Geschmack des Pöbels?)。そして次に「芸術」について、油絵の輸入は日本絵画の衰滅を招くであろうというナウマンの見解に対する反駁の中ではこう書いている。「ヨーロッパの油絵を輸入することにより、日本人は真の美を認識してより高い芸術感を獲得するであろうということ、またその結果これまでの日本絵画の二三の特性は次第に色あせてゆくであろうということ、これは確かである。しかしながら、より高い芸術感によつて消滅してしまうような特性のうちに日本絵画の本質があるのであろうか? そうではない! この新しい収穫によつて日本の絵画はおそらくはじめて完全な光彩を放つであろう! 新しい技術を採用してもなお日本絵画の多くの独自性は残るのである。」(Dessen bin ich gewiss, dass die Japaner durch Einführung europäischer Oelmalerei einen höheren Kunstsinn durch Erkenntnis wahrer Schönheit erhalten, und dass in Folge dessen einige charakteristische Züge der bisherigen japanischen Malerei allmählich erblassen werden. Aber liegt das Wesen der japanischen Malerei in diesen Zügen in dem, was durch den höheren Kunstsinn zu Grunde geht? Im Gegentheil! Durch diesen neuen Erwerb wird sich die japanische Malerei wahrscheinlich erst im vollen Glanze zeigen! Es bleibt auch nach Adoptierung der neuen Technik immer noch viel Originelles der japanischen Malerei übrig.) このヨーロッパ文化の日本への導入の問題にからんで、更につづいて「宗教と伝説」から「世界貿易への関与」、「日本の将来」と論が先へ進むにしたがって、問題は近代日本の文明開化の評価を中心問題として、一層深刻なものとなってゆく。ナウマンは、「内から開国したのでなく外から開国せしめられた」(Das Land ist nicht von innen her geöffnet, sondern von aussen erschlossen worden.) ところの日本がヨーロッパの文物・制度の「無批判な模倣」(kritiklose Nachahmung) によって行なった「革新の皮相性」(Oberflächlichkeit der Neuerungen) を難じ、「ヨーロッパ文化をそのままに受け容れることは日本人を強くはしないで弱くし、民族の没落を招来しはしないであろ

うか?」(Die reine Annahme der europäischen Cultur würde die Japanesen schwächen statt stärken und den Untergang des Volkes herbeiführen?) と言う。それに対して鷗外は、事実「外から開国せしめられた」島国日本が先進ヨーロッパ諸国の文物制度をとり入れ、それを「範とすることより自然な道はなかつたろう!」(Was war natürlicher, als sie zum Vorbild zu machen!) と言い、「それを受け容れることによつて民族を没落に向わしめる危険があるというようなヨーロッパ文化とは一体何を言うのか? 真のヨーロッパ文化とは、言葉のもつとも純粋な意味における自由と美の認識に存するのではないか?」(Was soll die sogenannte europäische Cultur sein, mit deren Annahme die Gefahr verbunden ist, ein Volk zu Grunde zu richten? Besteht die wahre europäische Cultur nicht in der Erkenntnis der Freiheit und Schönheit im reinsten Sinne des Wortes?) とナウマンに反問を提して、更に「無批判な模倣」「革新の皮相性」と言われるものの実例を挙げることを求め、この論文を次のような文章で終らしている。

「全歴史を通じて、日本において行われたような急速な改革に際し、一二の空論愚行をも企てなかつたような国があるであろうか? 新国家日本はまだ世慣れない子供のように振舞つたことがあるかもしれない。とはいえ子供には発展する能力がある。理解ある、とりわけ好意ある批判者ならば、努力しつつある子供が二三幼少時の試みに失敗したからといつて、その子供が有能な立派な大人に成長しないなどと決して言いはしないであろう。」(……wo ist das Land in der ganzen Geschichte, das bei so schnellen Reformen, wie sie in Japan durchführt wurden, nicht einiges Unpraktische und Thörichte versucht hätte? Es mag der neue japanische Staat wie ein unerfahrener Knabe gehandelt haben. Ein Knabe jedoch ist der Entwicklung fähig. Und ein verständiger und vor allem wohlwollender Beurtheiler wird nie auszusprechen wagen, dass ein strebsamer Knabe sich nicht zu einem tüchtigen und kräftigen Manne entwickeln werde, weil ihm einige Jugendversuche misslungen sind.)

『「日本に関する真相」再論』は、前の『日本に関する真相』に対するナウマンの弁駁文がきわめて威猛高な調子で鷗外には自分の論文の読解能力がないときめつけてはいるが、日本及び日本国民に対しては以前と打って変った友情あつい調子で語りかけ、好意ある評価を下し、種々の訂正を行なっているから、実質的には鷗外の反論の正当なことを確認したにひとしいとして、論争の終結を告げたものである。二三の事実について鷗外はなお補足的な説明を加えてはいるが、それはさして重要なものではない。駁論第一篇において、その駁論が「ただわが祖国のために、またわが同胞、とりわけ現在ドイツに滞在しているわが同胞のために」(nur im Interesse meines Vaterlandes und meiner——besonders in Deutschland sich aufhaltenden——Landsleute) なされるものであることを強調した鷗外は、この第二篇においても、次のように書き記している。「しかしながら、もしも友情ある読者が、日本人の心もまたその愛する祖国のために温かく鼓動しているのだということを、またその祖国に関して誤った不利な見解が拡まる、とくに多くの日本人にとっては既に第二の精神上の祖国ともなっているその国に拡まるのを知ったときには日本人も憤るのだということを考えられるならば、何故にこの抗議が行われたか、しかも幾分烈しい調子でなされたかを充分理解して下さるであろう。」(Es wird aber wohl dem freundlichen Leser begreiflich sein, warum die Erwiderung geschah——und zwar in etwas scharfen Tone geschah——wenn er bedenkt, dass auch das Herz des Japaners warm für sein geliebtes Vaterland schlägt und dass es ihn entrüstet, wenn er über dasselbe falsche ungünstige Ansichten verbreiten hört, zumal in diesem Lande, das schon so vielen Japanern ein zweites geistiges Vaterland geworden ist.)。ここに鷗外がナウマン駁論の筆をとった心事は明かである。先に鷗外のパトリオティズムの発現と書いた所以である。

しかし、果して鷗外の駁論がナウマンの説いた「誤つた不利な見解」のすべてを論破しえているかどうかは問題である。たしかに、ナウマンが報じた「日本人とアイヌ」「衣食住」「健康状態」「風俗習慣」「宗教と伝説」等々の事実についての誤謬は、事実によりまた統計によってそれを正すことができたかもしれない。しかしナウマンの所論の中心点とも考えられる近代日本の文明開化への批判に関しては、論駁する鷗外にもなんら決定的な説得の論拠はないのである。鷗外は「新国家日本」を「まだ世慣れない子供」にたとえ、「子供には発展する能力がある」と書いた。しかし、「その子供が有能な立派な大人に成長」するかしないかは将来のことに属し、「発展する能力」ありと断ずるのは鷗外の信念にすぎない。将来を期する決意の表明にほかならない。実際にこの子供を「有能な立派な大人に成長」せしめることがいかに困難な課題であるかは、鷗外が日本の現実に身を置いたとき痛切に体験することになるであろう。

＊　『日本に関する真相』『「日本に関する真相」再論』はかつて沢柳大五郎氏によって邦訳が試みられ、氏の著書『鷗外劄記』に収録されている。なお同著には『鷗外問答』と題して、現代ドイ

ツの哲学者カール・レヴィット（Karl Löwith, 1897—）の『鷗外文に対する欄外書入』(Randbemerkungen zu R. Mori, ,,Die Wahrheit über Japan" 1886）という興味深い一文が訳出されている。レヴィットは、「欧羅巴人ナウマンが日本に及ぼす欧羅巴文明の影響を色〻な点で危険なものであるとの見解を取つてゐるのに対して、日本人鷗外が欧羅巴文明の尺度（europäisch-zivilisatorische Massstäbe）を根拠として日本の弁明を為してゐること」を根本的な誤りであるとし、この批評の観点から個々の問題についての鷗外の言辞を批判している。邦訳『ヨーロッパのニヒリズム』中の「日本の読者に与へる跋」とともにわれわれの傾聴すべき数々の見解がここには述べられているが、鷗外文の批評としては必ずしも当を得ていないと考えられるところもある。レヴィットは、鷗外の弁駁文がドイツにおいてドイツの読者に訴えるために書かれているという事情を全然顧慮していないかに見えるし、鷗外文が『日本に関する真相』を書いたとき（明治十九年・一八八六）とレヴィットがそれの批評を書いたとき（昭和十三年・一九三八）との間の約五十年の、その間に第一次大戦をはさむきわめて重大な時間的距離に充分の配慮をしていないように思われる。レヴィットは、鷗外が（ヨーロッパ）文明の尺度によって（日本）文化の高さを測ろうとしているのはいけないと言って、Zivilisation と Kultur とを峻別し、文化の文明に対する優越性さらには超越性を強調する。そして「真正の固有の土壌に育つた文化はいづれにも優劣といふものはなく、同様に本原的なものであり、又対等のものである。」という認識が鷗外に欠けていると非難する。だがしかし、鷗外が相手にしたナウマンや当時のドイツ（ヨーロッパ）人にはそれは欠けていなかったのか。いや、果して鷗外にそれが実際に欠けていたのか、どうか。更にレヴィットは、鷗外がある演説*の中で「日本の完全にヨーロッパの完全を附加し、古くして尊い東洋に西洋の芸術と学問とを導入し、将来の日本の礎柱たるべき日本人の会、云々」（……ein Verein der Japaner, welche zur Vollkommenheit Japans die Vollkommenheit Europas hinzufügen, derjenigen Japaner, welche dem altehrwürdigen Orient die occidentale Kunst und Wissenschaft zuführen und welche sich zu den Grundpfeilern des künftigen Japans machen sollen.）と述べている個所を把えて、「一般に文化といふものは、かの最良品のみを購ひ、悪いものは商人に委せればそれですむ市場の商品の如く、自由に選択したり結び合はせたりし得るものではない」と、その折衷的態度を非難している。鷗外のこの言葉に関する限りは、また大局的に見ては、レヴィットの指摘は全く正当であり、異種文化の摂取ということの困難を説く点では充分敬重に価する意見であると云うことができるが、既に触れたかの独文ノートにおける鷗外の見解（文化の歴史性・伝統性の重視）や後年日本の学問移植のやり方にベルツの放った批判（日本は諸外国の科学の最新の成果のみを受取ってそれを生み出した精神を学ぼうとしない）に対する鷗外の態度などを見ると、この点についてもなお考えてみる余地はあるように思われる。

※　„YAMATOKWAI“ Zwei Reden. 1888. 在独日本人会大和会に関する演説である。一つは明治二十一年（一八八八）一月二日大和会の新年祭において新任の駐独公使西園寺公望を前にして行なったもの、一つは同年六月三十日帰国を目前にひかえての演説である。いずれも、前年十一月二十六日に鷗外が提案した大和会改革問題を論じたもので、大和会がたんなる懇親会(Zusammenkunft)でなく、一定の目的をもった組織的な会（Verein）であるべきことを主張している。そして一月の演説には、会の目的、会員の構成、会費等九ヵ条を定めた「大和会会則」(Statuten des Japanischen Nationalvereins „Yamatokwai“)を末尾に掲げ、六月の演説では

その「補足条項」(Nachtragsartikel) 三ヵ条を付加している。「かういふところに鷗外の秩序と標準に対するプロシヤ的とでもいひたい愛著を見得るであらう」と唐木順三氏は書いておられるが(前掲書)、この演説でもう一つ眼につくことは、鷗外が繰り返し「日本の国民性の維持と顕揚」(die Aufrechthaltung und Hebung der japanischen Nationalität) を会の目的として熱っぽく説いていることである。鷗外の改革案は容れられず、遂に実施されずに終ったが、彼はこれこそ「私の最も美しい夢」(meine schönste Träume) であったと語っている。なお、先に引用された言葉は一月の演説中にあるものである。

五

明治十七年(一八八四)十月着独早々、ライプツィヒに居を定め大学の日課が始まると間もなく、鷗外は『独逸日記』にこう書き記している。

「大学より帰れば、英語の師イルグネル Ferdinand Ilgner 我房にありて待てり。語学の師は多く貧人なれば、往いて学ぶ徒弟なく、必ず来て教ふるなり。夜は独逸詩人の集を渉猟すること〻定めぬ。」

昼は大学で専門とする医学・衛生学の研究にはげみ、夜は文学書に親しむというこの時間の割りふりが、留学中ずっとつづけて行われていたのかどうか、これは『独逸日記』からは知ることができないが、与謝野寛は「独逸留学中の先生は、昼と宵とは右の医学に没頭し、午後十時を過ぎてから数時間を哲学と芸術との書物を読むことに用ゐられた」と「追憶」（前出）に書いている。これとて、果してそのまま本当の事として受けとってよいのかどうかは分らないけれども、とにかく専攻する医学の研究以外にも鷗外がかなりの余力をさいていたことは確かなことである。『独逸日記』の明治十八年（一八八五）八月十三日の条には次のような文字が読まれる。

「架上の洋書は已に百七十余巻の多きに至る。鎖校以来、暫時閑暇なり。手に随ひて繙閲す。其適言ふ可からず。盪胸決眦《とうきようけつし》の文には希臘の大家ソフオクレエス、オイリピデエス、エスキユロス Sophokles, Euripides, Aeskylos の伝奇あり。穠麗豊蔚《じようれいほううつ》の文には仏蘭西の名匠オオネエ、アレキイ、グレヰル Ohnet, Halévy, Greville の情史あり。ダンテ Dante の神曲 Comedia は幽昧にして恍惚、ギヨオテ Goethe の全集は宏壮にして偉大なり。誰か来りて余が楽を分つ者ぞ。」

「名匠オオネエ、アレヰイ、グレヰルの情史」はしばらく措くとしても、ソフオクレエスからギヨオテに至るすべては、みなヨーロッパ文学の古典と称せられるものである。大学時代に「貸本文学」の卒業者となった鷗外は、このドイツで新たにヨーロッパ文学の洗礼を受けたと言ってよいであろう。

* この点に関して次のような小記事も見逃すことはできない。「夜アンナ・ハアエルランド Anna Haverland の朗読を索遜客館 Hôtel de Saxe に聞く。読む所は「デル、ヰルデエ、ヤグト」Der wilde Jagd の一篇なり。抑揚頓挫の妙言ふ可からず」(明治十八年十月十六日)

そして鷗外とその「楽を分つ者」として識り合った巽軒井上哲次郎とは、しばしば詩文のことを談じ、またアウエルバッハ窖に遊んでは「ファウスト」を漢詩体に訳してみては如何などと語り合う。しかもこの談話はただ東西の文学のみに限られてはいなかった。たとえば、ベルリン時代の明治二十年(一八八七)十一月九日――

「井上巽軒の仏教邪蘇教と孰れか優れると云ふ論を聞く。大意謂ふ。仏の如来には人性なし。邪蘇の神に優れり。仏の大乗は因果を説く。而して重きを後身に帰せず。其小乗との差此に在り。邪蘇の未来説に優れり。仏は覚者なり。邪蘇の神子と称するに優れり云々。余問ひて曰く。今哲学には定論と認むる者なきに似たり何如。曰く凡そ万有学に根する者は皆今日の哲学なり。其他フエヒネル Fechner の心理 Psychologie カント Kant の道徳 Ethik 皆定論なり。」

このような哲学・宗教にわたる論議もある。そしてこの日附の前後の『独逸日記』の記事には、哲学とか形而上論とかの文字が何度か見えているし、また先のベルリン時代のノートにも「万有学」(自然科学 Naturwissenschaft のことであろう) と「哲学」とを比較して、前者の現状は「整」、後者の現状は「不整」などと書かれてもいる。この頃の鷗外にかなり哲学への関心の強かったことがうかがわれるであろう。ベルリンで鷗外がハルトマンの「無意識哲学」(Eduard von Hartmann, Philosophie des Unbewussten. 1869) を読んだというのも、ほぼこの時期のことではなかったかと思われる。

鷗外は『妄想』に、「伯林《ベルリン》の garçon《ガルソン》 logis《ロジイ》 の寝られない夜なかに」幾たびも嘗めた苦痛のあったことを書いている。それは「心の飢」であり、「心の空虚」を痛感したのだと言う。

「さういふ時は自分の生れてから今までしたこと事が上辺《うはべ》の徒《いたづ》ら事のやうに思はれる。舞台の上の役を勤めてゐるに過ぎなかつたといふことが切実に感ぜられる。さういふ時にこれまで人に聞いたり本で読んだりした仏教や基督教の思想の断片が、次第もなく心に浮んで来ては直ぐに消えてしまふ。なんの慰藉をも与へずに消えてしまふ。さういふ時にこれまで学んだ自然科学のあらゆる事実やあらゆる推理を繰り返して見て、どこかに慰藉になるやうな物はないかと捜す。併しこれも徒労であつた。」

「或るかういふ夜の事であつた。哲学の本を読んで見ようと思ひ立つて、夜の明けるのを待ち兼ねて、Hartmann《ハルトマン》の無意識哲学を買ひに行つた。これが哲学といふものを覗いて見た初で、なぜハルトマンにしたかといふと、その頃十九世紀は鉄道とハルトマンの哲学とを齎したと云つた位、最新の大系統として賛否の声が喧しかつたからである。」

ハルトマンを手にするに至った経緯を記したこの鷗外の文章は、帰朝後二十年の歳月を経てその作品の中の一老翁の追憶として書かれたものであるから、そこにはことさらの誇張もあろうし、ことさらの陰蔽もあろう。自然な歳月の処理も受けていようし、文字通りの創作もあるかも知れない。したがって、このままそれを留学時代の鷗外のこととするのは軽率と言わねばならないが、にも拘らずこの記述には『独逸日記』から読みとれる事実との符合が感知される。ベルリン時代の鷗外の真実がなにほどかは伝えられているように思われる。

＊　鷗外がハルトマンを選んだのは、鷗外の言う通りそれが当時評判の流行哲学であったからにすぎないのかも知れないが、やはりそこに井上哲次郎の勧めもあったのではないかと想像される。井上はハルトマンに哲学を学んでいたし、帰朝後東京帝大の外人講師招聘に際してもハルトマンをわずらわし、その紹介でケーベル（R. Koeber, 1848－1923）が来ることになったことなどから見ても、井上とハルトマンとの間にはかなりの直接的関係があったことが知られるからである。

『独逸日記』を注意深く読んでみると、鷗外のライプツィヒ、ドレスデン、ミュンヒェンの時代と、この留学最後のベルリン時代（明治二十年（一八八七）四月以降）とはだいぶ気分や様子が違ってきていることを感ずる。すでにもうドイツでの生活にもすっかり馴れてしまったし、早や帰国の時が迫ったからでもあろうか、「興を尽して帰る」と何度か書き記したあの新鮮な喜びと満足の文字はもはや見出されない。そして「北里、隈川の二氏と師の講筵に出で会ひ、週ごとに一二度郊外に遊ぶより外興あることもなし。」(六月一日)というような言葉が眼につく。その上また、ベルリンには種々とわずらわしいことが多いのである。旧藩主亀井家の後嗣茲明、この「瘦瘻《そうく》、顔色蒼然、人をして寒心せしむ」る亀井子爵の世話をやかねばならない(四月二十一日、二十二日、二十三日、二十四日の条及び六月三十日、七月二日、二十八日、十月十一日、十二日、更に明治二十一年一月四日の条などを参照)。「麦酒を喫し、新聞を読みて逍遙するのみ」(五月二十九日)という全く内実のない在独日本人会大和会にも顔を出さなければならない。それに、この五月には在独逸陸軍留学生取締の命を帯びた福島大尉というのがベルリンに来て、鷗外も「亦取締まらるる一人」となる(同上)。この福島をめぐって何やかや面白くない風評も立つ(六月二十六日、三十日、十月二十二日、二十六日の条などを参照)。九月末のカールスルーエにおける赤十字社会議における「舌人」としての活躍は、鷗外得意の独壇場であったけれども、またベルリンに帰って、十一月には鷗外の好まぬ隊附医官を務めることを命ぜられる。「林太郎は唯だ命令を聞くのみ。意見を陳ず可きに非ず。謹みて諾す」(十一月十四日)。そしてこの鷗外の蒙った処置にも「陰険家」の友人谷口謙の策動があったかの如くである(同上)。こうして、「夜大和会に至る。一人を見ず。因りて独坐荘子を披覧す。午夜家に帰る。」という日(十一月十七日)の記録などに読み至るとき、鷗外のベルリン在住時代には何か暗い影のようなものがさしており、必ずしも愉快なものではなかったことが推察できるように思えるのである。

このようなベルリン時代には、事実独り寝られぬ幾夜かがあったのではあるまいか。懐しい父母弟妹とは遠く海をへだてて異郷にあり、周囲には厭うべき人々の暗躍がある。研究にも気乗りがしない。上官の命には絶対服従の身である。そうしたとき、「心の飢」を感じ、「心の空虚」におののいて哲学や宗教への要求が内心の問題として押し出されてきたとしても、それは決して不自然なことではないであろう。「生れてから今日まで、自分は何をしているか」（『妄想』）と冷く自分をふりかえってみれば、これまでの自分がただ絶えず何ものかに鞭うたれつつ、「勉強する子供から、勉強する学校生徒、勉強する官吏、勉強する留学生」という舞台上の役をつとめてきたにすぎないことが痛切に自覚される。ではどうすれば、どうあればよいのか。その内心の空しさを満すべきなんらかの慰藉が求められねばならない。

しかし「饑《う》えて食《しよく》を貪るやう」に読んだハルトマンの無意識哲学も、ついに鷗外の心に慰藉を与え、積極的指針を与えてくれるものではなかった。そこに説かれる「錯迷打破には強く引き附けられ」、「ひどく同情した」が、結論のペシミズムには「頭を掉つた」のだと『妄想』には書かれている。けれども、幸福を現世に求める錯迷の第一期、幸福を死後に求める錯迷の第二期、幸福を世界過程の未来に求める錯迷の第三期、この初・中・後三期の錯迷を次々に打ち砕く錯迷打破（Disillusion）に共鳴を覚え「哲学の難有《ありがた》み」を感じながら、そこから出てくる結論はとらぬ、とはどういうことであるか。Illusion はとりはらわれ、ただ空虚をみつめる醒めきった精神だけが残された、とでも言うべきであろうか。とにかく現実の事態は少しも変らないし、「心の空虚」は依然として充たされることがない。外部に対する、また自己自身に対する不満、釈然たらざる憂悶を胸に秘めたまま、鷗外は日本に帰ってゆかねばならないのである。

* 鷗外が帰朝後に書いた三つの雅文体小説『舞姫』、『うたかたの記』（明治二十三年）、『文づかひ』（明治二十四年）は鷗外のドイツ留学の記念とも言うべきものであるが、中でも『舞姫』一篇はこのベルリンを舞台としたものである。舞姫エリスとの交渉の真偽のせんさくなどはさて措き、この作品はやはりこのベルリン時代の鷗外の内面的自画像であったとしてよいように思われる。

「かくて三年ばかりは夢の如くにたちしが、時来れば包みても包みがたきは人の好尚なるらむ、余は父の遺言を守り、母の教に従ひ、人の神童なりなど褒むるが嬉しさに怠らず学びし時より、官長の善き働き手を得たりと奨ますが喜ばしさにたゆみなく勤めし時まで、ただ所動的、器械的の人物になりて自ら悟らざりしが、今二十五歳になりて、既に久しくこの自由なる大学の風に当りたればにや、心の中なにとなく妥《やすらか》ならず、奥深く潜みたりしまことの我は、やうやう表にあらはれて、きのふまでの我ならぬ我を攻むるに似たり。」ここに目醒めた太田豊太郎の「まことの我」は、しかし、「きのふまでの我ならぬ我」を攻め滅して、あくまで自己を貫きとおすことはできなかったのである。舞姫エリスを欺き裏切ったことは、実は逆にこの「我ならぬ我」が「まことの我」に攻め勝ったことであり、「相沢謙吉が如き良友」を一点憎む心が残るのは、この「まことの我」の敗北の不甲斐なさ、「まことの我」の頼りなさを自責する心が残るゆえにほかならない。

六

「明治二十一年七月三日。辞別柏林諸家。四日。理行李。五日。夕。発柏林。同行者為石黒軍医監。」と、『還東日乗』はまた漢文で書きはじめられる。ドイツを離れる鷗外の感想、感懐らしきものは、二三の漢詩にわずかにうかがいうるのみで、あからさまには何も語られていない。しかし、考えてみれば『独逸日記』が文語体であったのに『航西日記』と『還東日乗』とが漢文で記されているというそのことが、何か象徴的な意味をもっているかのようにも思える。窮屈な漢文で出てきた日本へ鷗外はまたあえて窮屈な漢文で帰るのである。

『妄想』にはこう書かれている。

「兎角する内に留学三年の期間が過ぎた。自分はまだ均勢を得ない物体の動揺を心の内に感じてゐながら、何の師匠を求めるにも便りのよい、文化の国を去らなくてはならないことになつた。……自分はこの自然科学を育てる雰囲気のある、便利な国を跡に見て、夢の故郷へ旅立つた。それは勿論立たなくてはならなかつたのではあつたが、立たなくてはならないといふ義務の為めに立つたのではない。自分の願望の秤《はかり》も、一方の皿に便利な国を載せて、一方の皿に夢の故郷を載せたとき、便利の皿を弔《つ》つた緒《を》をそつと引く、白い、優しい手があつたにも拘らず、慥《たし》かに夢の方へ傾いたのである。」

この「そつと引く、白い、優しい手」のことについては『独逸日記』には何も語られていない。それが鷗外の後を追って日本にきたドイツ婦人エリスのことであったのかどうかも分らない。だがそれはとにかくとして、今ここに懐しい恋しい「夢の故郷」へ帰ってゆく鷗外の心には「まだ均勢を得ない物体の動揺」があった。そして何か言訳がましい「立たなくてはならないといふ義務の為めに立つたのではない。自分の願望の秤も……慥かに夢の方へ傾いたのである。」というのが事実であったにしても、その夢の故郷に自分を待つ家は決してこの義務の放擲を期待せぬであろうあの家であった。陸軍官費留学生として

「留学仰付」けられた鷗外は、やはり同じものとして「帰朝仰付」けられて日本に帰ってゆかねばならなかったのである。それに、当時の鷗外にとってドイツは、この『妄想』に言うようなただたんに自然科学の研究に「便利な国」であったのではなかった。それははじめて鷗外に自由な近代的人間としての自覚を与えてくれた「第二の精神上の祖国」ともいうべき国でもあった。だが結局は、このドイツ留学によって得られた自由の自覚も、ただ留学の間だけ許されたものにすぎなかったのである。

「嗚呼、独逸に来し初に、自ら我本領を悟りきと思ひて、また器械的人物とはならじと誓ひしが、こは足を縛して放たれし鳥の暫し羽を動かして自由を得たりと誇りしにはあらずや。足の糸は解くに由なし。曩《さき》にこれを繰つりしは、我某省の官長にて、今はこの糸、あなあはれ、天方伯の手中に在り。」

この『舞姫』の主人公の嗟嘆こそ、ドイツから帰る鷗外の心底から発せられた叫びであったであろう。留学の間外務省に転ぜんとしたという噂が何か事実にもとづくものであったとしたら、それはベルリン時代の鷗外がこの「足の糸」をふり解こうとした一つのもがきであったろうと考えられる。「勉強する官吏、勉強する留学生」という自分の役の空しさを自覚し、それに不満を覚えても、鷗外は依然としてその役をつづけて演じてゆかなければならないのである。心の中の「均勢を得ない物体の動揺」はかなり烈しいものがあったとしてよいであろう。

帰途ロンドンで出会った愕堂尾崎行雄に、鷗外はパリから詩四篇を送ったことが『還東日乗』には記されているが、そのうちの一つに左のような詩があった。

莫触何逢蝮蛇怒　待機箝口是良謀
翻思海嶋弧亭夜　逐客相遇話杞憂

鷗外がここで、明治二十年（一八八七）十二月十五日の保安条例によって東京を追われてきた尾崎と並べて自分のことをも「逐客」と呼んでいるらしいことは、中野重治氏の評されたように（前掲書）、たしかに鷗外の「思い上り」であったと言ってよかろう。にも拘らず、鷗外がこのとき自分をも「逐客」に擬する、あるいは「逐客」と「思い上り」うる心境にあったことは見なければなるまい。いま故国に帰らんとする鷗外は、もはや四年前に

「昂々未折雄飛志。夢駕長風万里船。」とうたって未知の世界への希望に胸ふくらませて旅立ったあの鷗外ではない。「げに東に還る今の我は、西に航せし昔の我ならず」（『舞姫』）なのである。

「未知の世界へ希望を懐いて旅立つた昔に比べて寂しく又早く思はれた航海中、籐の寝椅子に身を横へながら、自分は行李にどんなお土産を持つて帰るかといふことを考へた。自然科学の分科の上では、自分は結論丈を持つて帰るのではない。将来発展すべき萌芽を持つてゐる積りである。併し帰つて行く故郷には、その萌芽を育てる雰囲気が無い。少くも「まだ」無い。その萌芽も徒らに枯れてしまひはすまいかと気遣はれる。そして自分は fatalistisch《フアタリスチツシユ》 な、鈍い陰気な感じに襲はれた。」（『妄想』）

先に引いた一文といい、この文章といい、『妄想』ではみな自然科学のことが中心に置かれている。日本における自然科学の将来を危ぶむ気遣い、「fatalistisch な、鈍い、陰気な感じ」、これなどは印度洋上の若い鷗外の実感とするよりも、二十数年を経たこの『妄想』執筆当時の鷗外の感想と見た方がよいようである。けれども、たんに自然科学の将来には限られないもっと漠然たる日本についての不安が、ドイツから日本に帰りゆく鷗外の胸中に去来していたことは事実であったと思われる。それが、「逐客相遇フテ杞憂ヲ話ス」という、あの「杞憂」でもあったであろう。ドイツにおいて実に沢山のことを体験し学んだけれども、自分を一家の柱として期待する母が待ち、自分を留学生として送り出してくれた陸軍が迎えてくれる保安条例下の日本では、そのうちのどれが「お土産」になるのか、と四年間のドイツ留学をふりかえって鷗外は船中で暗い思いで考えたかもしれない。

横浜入港を数日後にひかえて『還東日乗』に書き記した「日東七客歌」には、「別有狂客森其姓。玉樹叢中着蒹葭。四十余日多鼾睡。不関狂風折檣斜。笑曰慳囊無一物。齎帰蕪辞献阿爺。」と鷗外は自分のことをうたっている。今度は「狂客」である。「狂客」といい「四十余日多鼾睡」というこの自嘲的な響きのなかに、鷗外の心のうちの「均勢を得ない物体の動揺」、釈然たらざる憂悶が読みとれるであろう。しかしまた同時にここには、その自嘲を支えるもの、笑って「慳囊無一物」と言う心底に秘められている何か不敵なまでの自信をもうかがいうるように思われる。それはもちろん、留学の間ドイツ人に立ちまじって逐色なく研究し生活を続けてきたことからくる鬱然たる自負の念であり、「自然科学の分科の上では、自分は結論丈を持つて帰るのではない」という自信であったと言ってよいであろう。このような自負・自信は確乎たるものとして胸中にあるにも拘わらず、なおかつ自己の内外に対する釈然たらざる憂悶に閉ざされていた、というのが帰朝時の鷗外の心境であったのではあるまいか。帰朝後の、とくに明治二十年代の鷗外のきわめてエネルギッシュな活動にも、このことははっきりと見てとれるように思う。

第三章 「戦闘的啓蒙」

一

明治二十一年(一八八八)九月八日、鷗外は横浜に上陸する。そして即日、陸軍軍医学舎(この年の暮に陸軍軍医学校と改称)の教官に補せられた。これが洋行帰りの、青年軍医鷗外にまず陸軍から与えられた場所であった。帰国数日後に偕行社において鷗外は陸軍衛生部の将校たちを前に『帰朝の第一声』を発したが、それは次の如きものである。

「今日海外視る所の事物に就いて演説すべきなれども未だ敢てせざる者は抑も故あり、凡そ欧洲の規律殊に厳整なる軍にては年少の将校等の陸軍内に関する言論は常に其趣旨を一上官に聞し、其裁可を得て 方 纔《まさにわずかに》 公衆に向ひ之を演説するを得るなり。是を以て風紀紊れず僕心竊《ひそか》に之を羨む。僕敢て本邦軍隊にても一般に此の如きを希望すと云はず、然れども自己一身に限りては他日或は言はんと欲することあるも必ず之を一上官に質《ただ》して後之を言はんと欲す、是れ僕が今日匆卒《そうそつ》の際敢て濫に口舌を弄するを欲せざる所以なり。」

要するにこれは語らざるの弁である。「其時の衛生部青年将校の失望は、想像に余ある次第である。」と山田弘倫氏は書いている（前掲書）。「先生が何故に自ら箝口令《かんこうれい》に似たる斯やうな声明をされたのであらうか」と氏はつづけて問い、「或は以前に於て上司からの注意でもあつたのか、乃至は厳しき叱言でもあつて甚しく先生の自尊心を傷けたのではなかつたか。」とも言っておられる。山田氏が推測しているような事実があったかどうかはもとより知りえないが、とにかくここには帰朝時の鷗外の心境がかなり色濃く影を落していると見られる。そして「触ルルコト莫《ナ》クンバ何ゾ蝮蛇ノ怒ニ逢ハン。待機箝口是レ良謀。」という、あの尾崎に与えた詩句通りの構えもとられているかのようである。この『帰朝の第一声』に「既に忿恚《ふんい》と諦念の入混つた、一種沈痛な響き」（沢柳・前掲書）を聞くことはもちろん誤りではなく、しかもまた同時に、「もう人を見下ろして啖呵を、聴き手に聴き分ける力の十分にないことを察しつつ切つたという見え」（中野・前掲書）を読みとることも正しいと言ってよいであろう。鷗外の帰朝後の第一声がこのようなものとして、このような姿勢で発せられたということは、今後の鷗外の活動のすべてにきわめて暗示的な意味をもった事実であるように思われるのである。

ところで、とにかく無事に日本に帰り家に帰った鷗外には、一つ具体的な心配事があった。それはドイツから一人の女が彼の後を追って日本に来るかも知れぬという心配であった。このことは家に着くと直ぐ父には告げたらしいが、その心配が実際に、鷗外の横浜着におくれること約二週間ばかりで現実となって現われた。九月二十四日エリスというドイツの女が着いて築地の精養軒に入ったのである。この間の事情については小金井喜美子が詳しく書いている（前掲書）。それによると、鷗外は「時間の厳しいお役所の上、服も目立つので」直接に出かけて行かず、喜美子の夫小金井良精や鷗外の弟の篤次郎が主としてエリスに会い、日本の事情や家の様子をあれこれ話し聞かせてなだめ、やっとエリスも帰国する気になって十月十七日に横浜を発ったのであるという。このときには鷗外も見送りに行ったらしい。「人の群の中に竝んで立つて居るお兄い様（鷗外のこと）の心中は知らず、どんな人にせよ、遠く来た若い女が、望とちがつて帰国するといふのはまことに気の毒に思はれるのに、舷でハンカチイフを振つて別れていつたエリスの顔に、少しの憂ひも見え無かつたのは、不思議に思はれる位だつたと、帰りの汽車の中で語り合つたとの事でした。エリスはおだやかに帰りました。人の言葉の真偽を知るだけの常識にも欠けて居る、哀れな女の行末をつくづく考えさせられました。……誰も誰も大切に思つて居るお兄い様にさしたる障りもなく済んだのは家内中の喜びでした。」

* この文章については森於菟氏（前掲書）が次のような尤もな一評言を下している。——「父とエリスとの仲が淡いものである事を幸ひとした当時の一家の心持は、家を興隆すべき中心人物の「お兄様にさしたるさはりもなくすんだのは家内中の喜びでした。」に現はされてゐるかも知れぬが少し得手勝手で、たとへエリスが一箇哀れむべく愚かなる女であつたにせよ、これを見送る父の眼に一滴の涙があつたとしても、格別父を累するものではないやうに考へられるのである。」——小金井喜美子の文章はかなり詳細に書き綴られてはいるが、肝心の鷗外とエリスとの関係、またエリスを迎えた鷗外の心事などについては至極曖昧であると言わざるをえない。『舞姫』エリスと同名のこの女が前章に触れたあの「白い、優しい手」の持主であったのかどうかは、依然として分らない。ただエリスを迎えた鷗外の心事については、後に鷗外がこの事件を背後に置いて書いたと思われる『普請中』（明治四十三年）に、その主人公渡辺参事官が日本にやって来た昔なじみらしいブリュネットの女に対して「ここは日本だ。」と言ってキスを拒む場面がある。もちろん、これは「本当のフイリステルになり済ましてゐる。」と自称する、すでに留学は「昔の事」となった主人公の言葉であるが、「ここは日本だ」ということの言葉は、ドイツから帰って以後の鷗外が常に複雑な思いをこめて自分に言い聞かせていた言葉のようにも思えるのである。

父母をはじめ家中の者、親戚の者たちを非常に心配させたこのエリスの一件が落着すると間もなく、鷗外の結婚問題が起る。

「かくの如き父を埠頭に迎へた故国の祖父母達は、自分等の今迄の生涯の力の全部をかけ全精神を注ぎ且つ一家の運命を託した筈の息子が手を離したら再び異郷に飛去つて行くやうに感じた。それで離れ行く我子をその手にひきとめるのに懸命になつた。その時同郷の恩人でありかつ要路の大官である西周が新帰朝の秀才に配すべく海軍中将赤松則良男の長女登志子を勧めて自らその媒をしたのである。宿場の医者である祖父とその周囲が狂喜したのも無理ではない。」(森於莵・前掲書)

明治二十二年(一八八九)三月九日に鷗外は結婚したが、この結婚については鷗外はただ全くの親まかせで両親の意志にしたがっただけであったようである。自発的・積極的な意志表示は何もしなかったようである。先の陸軍に入った時のことにつづいて、「これが自己を主張しなかつた父の第二の場合であると考へられる」と森於菟氏は言っている。

＊　鷗外が明治三十一年（一八九八）八月から十月まで「時事新報」に連載した『智慧袋』には「つまさだめ」と題する一文がある。

「政治上財産上の都合、恩義、脅迫、思ふに副はれぬよりの焼け、手当放題、出来心、劣情等つまさだめの道にあらざること論ずるまでもなし。さらば真の自由結婚の法に従ひて、心を相知りて後に選び定むることをせんか。訪問筵会の慣例ありて、少年男女をして共に談笑し同じく遊戯することを得せしむるにあらざるよりは、何に縁りてか心を相知ることを得るに至らむ。是に於てや世間の噂、媒口《なかうどぐち》、乃至至誠あれども慮足らず栄誉を重じて性情を軽ずる老父母の勧説は、猶つまさだめの主なる動因とならんとするなり。……」

開放的な社交的慣習のない日本の社会ではただちに「真の自由結婚の法」は行いがたく、なお「世間の噂」とか「媒口」とか「父母の勧説」とかが「つまさだめの主なる動因」とならざるをえないと、一般的な観察のかたちで述べられているこの一文は、あたかもこの結婚における鷗外自身のとった態度を弁明しているかのようである。やはり「ここは日本だ」という現実の動かし難さの認識に発するものであろう。ただこの「老父母」の上には「至誠あれども慮足らず栄誉を重じて性情を軽ずる」と書き加えられている点も注意されてよい。

しかし、鷗外自身の場合のように、そのようにしてなされた結婚がうまく行かず離婚という事態に立至ったとき、その妻の不幸、彼自身の不幸を鷗外はどう考えたであろうか。（結婚後、上野花園町の赤松家の持家に移っての生活は、何かにつけて御大家赤松家の事大主義が気に触って、一年余りで鷗外はその家を飛び出し、離婚ということになった。明治二十三年（一八九〇）九月のことである。その時すでに長男於菟氏は生れていた。）

『帰朝の第一声』にも見られる帰朝時の鷗外の鬱屈、また帰朝直後の結婚において更に増し加えられた抑圧、まるで鷗外の心中のこの結ぼれを解き放たんがためでもあるかのように、明治二十二年(一八七九)以降、鷗外は医学の分野においてのみならず文学の分野においても極めてめざましいエネルギッシュな活動をはじめる。それは「戦闘的啓蒙」活動とも形容されている(唐木順三・前掲書)。たしかにその活動の内容は以下に述べる如く「戦闘的」と呼ばれてふさわしいような啓蒙活動であったが、その活動のエネルギーが鷗外の内部におけるこの抑圧に発源するとも見られる点が注目されなければならないと思う。

二

「自分は失望を以て故郷の人に迎へられた」と、鷗外は『妄想』に書いている。それは、これまでの洋行帰りのように、希望に輝く顔をして、行李から道具をとり出し、なにか新しい手品をやってみせる、というのとは反対に、「人の改良しようとしてゐる、あらゆる方面に向つて自分は本《もと》の杢阿弥《もくあみ》説を唱へた」からであると言う。そしてそのために、自分は

「保守党の仲間に逐ひ込まれ」、「後には別な動機で流行し出した」「洋行帰りの保守主義者」の「元祖」となったと言うのである。

前にも一寸触れたように、鷗外が帰朝した明治二十年代の初頭は、十年代の中葉以降次第に高まって行った、かの鹿鳴館的欧化主義の風潮が、その絶頂にまで達した時期であった。時の政府の緊縮財政政策によって深刻な不況の底にあえいでいた大多数の国民の困窮をよそに、外人接待用の鹿鳴館が竣工をみたのは明治十六年(一八八三)十一月、総理大臣伊藤博文の主催によるあの有名な仮装舞踏会が開かれたのが二十年(一八八七)四月である。その間、一方で各地に激発する自由民権要求の諸運動・諸事件を弾圧しながら着々とその体制を整えつつあった明治政府が、条約改正を当面の目標としてとった政策がこの欧化主義にほかならなかった。明治維新以来の「文明開化」は、もとより一貫して欧化主義にのっとったものではあったが、この時期の欧化主義は「脱亜入欧」とまで叫ばれたいわゆる鹿鳴館的欧化主義である。「我国を化して欧洲的帝国とせよ。我国人を化して欧洲的人民とせよ。欧洲的帝国を東洋の表に造出せよ。只だ能く如此にして、我帝国は始めて条約上泰西各国同時の地位に躋《のぼ》る事を得可し。我帝国は只だ之を以て独立し、之を以て富強を致す事を得べし。」(『世外井上公伝』)これが時の外相井上馨の言葉であった。

「其一意専心只管《ひたすら》洋風を慕ひ以て交際を求めんとする所の舞踏会は、此時に於て開け、華奢風流の余に出る婦人慈善会は是時に於て起り、其他和を脱して洋に入る羅馬字会あり、風致を捨てゝ見状を取る演劇改良会あり、古雅を迂として直情に馳する講談歌舞の矯風会あり、書方改良言文一致小説改良美術改良衣食住改良の如き、貴賤上下翕然《きゆうぜん》として洋風是擬し西人是倣ひ、其甚きに至ては人種改良を主張し、大和民族に換ふるに高架索人種を以てせんとするに至る。」（指原安三編『明治政史』）

この華やかな舞踏会という伴奏つきの欧化主義・改良運動は、ただただ洋風でありさえすればよいとする表面的・機械的な西欧文化の模倣に終始するものであり、上流の為政者層からの天下り的な欧化主義政策にほかならなかったから、その風潮が絶頂に達した明治二十年代の初頭にはこれに対する烈しい批判と大きな反動とが当然の推移として捲き起こされて来たのである。それに、この欧化主義政策の背後には条約改正という国民的大問題がひかえていた。明治二十年（一八八七）になると、井上外相の条約改正案に対する反対の火の手は政府部内にもあがるに至り、さらに一方に旧自由党員や改進党員、他方に国粋的国権主義者たちの活潑な反対活動が行われ、政府の欧化主義政策と軟弱外交に対する批判と攻撃、あわせて言論自由の要求が高まってきた。中江兆民や尾崎行雄らを東京から逐い、片岡健吉らを逮捕したかの悪名高き保安条例は、この時に発せられたのである。

言論・思想界においてこのような批判と反動の動向を代表したものは、言うまでもなく明治二十年代の二つの指導的雑誌「国民之友」（明治二十年創刊）と「日本人」（明治二十一年創刊）とであった。「国民之友」によって平民主義を唱道した徳富蘇峰はその創刊第一号に当時の鹿鳴館的欧化主義を批判して次のように書いている。

「泰西の社会は平民的にして其の文明も亦た平民的の需用より生じ来れるものなることは、固より吾人の解説を要せずと雖も、此の文明を我邦に輸入するや、不幸にして貴族的の管中より為したるが故に、端なく貴族的の臭味を帯び、泰西文明の恩沢は、僅に一種の階級に止り、他の大多数の人に於ては、何の痛痒もなく、何の関係もなく、殆んど無頓著の有様なりと言はざる可らず、衣服の改良何かある、食物の改良何かある、家屋の改良何かある、交際の改良何かある、……煉瓦の高楼は雲に聳え、暖炉の蒸気体に快くして、骨を刺すの苦痛尚ほ春かと疑はれ、電気燈の光りは晃々として暗夜尚ほ昼を欺き、羊肉肥て案に堆《うずたか》く、葡萄酒酌んで盃に凸《たか》きの時に於ては、亦た人生憂苦の何物たるかを忘却す可しと雖も我が普通の人民は、寂寥たる孤村、茅屋の裡、破窓の下、紙燈影薄く、炉火炭冷に、二三の父老相対して濁酒を傾るに過ぎず……」(「嗟呼国民之友生れたり」)

また「日本人」を発行して国粋保存・国粋顕彰を唱えた政教社の主要メンバーの一人である三宅雪嶺は、この雑誌発刊の動機を説明して、「一面は鹿鳴館に高官が戯れ、醜声の外に漏れたのに刺戟され、一面に政府が保安条例を執行し、枯尾花に驚く狼狽さ加減に動かされ、余りだらしなくて仕方なく、何とかせねばならぬとした。」(『自分を語る』)と語っている。

* 明治二十年代におけるこのような鹿鳴館的欧化主義に対する批判と反動とは、しかし、あくまで動あっての反動・批判であったという意味においては、日本の近代文化形成史上に鹿鳴館的欧化主義のもった意義は認められねばならないし、またこの表面的・機械的と評される欧化主義風潮それ自体のうちにも真に近代的な日本文化の形成に寄与するいくつかの先覚者的営みのあったことも認められなければならない。(たとえば、小説改良の面における坪内逍遙、二葉亭四迷等)この点について、内田魯庵に次のような適切な指摘がある。

「当時の欧化は木下藤吉郎が清洲の城を三日に築いたと同様、外見だけは如何にも文物燦然と輝いてゐたが、内容は破綻だらけだつた。仮装会は啻だ鹿鳴館の一夕だけでなくて、此の欧化時代を通ずる全部が仮装会であつた。結局失態百出よりは滑稽百出の喜劇に終つた。が、糞泥汚物を押流す大汎濫は洪水する時に必ず他日の養分になる泥砂を残留するやうに此の馬鹿々々しい滑稽欧化の大洪水も亦新しい文化を萌芽する養分を残した。少くとも今日の文芸美術の勃興は欧洲文化を尊重する当時の気分に発途した。」(『おもひ出す人々』)

このような明治二十年代の状況を考えるとき、鷗外が「人の改良しようとしてゐる、あらゆる方面に向つて」反対を唱えたという「洋行帰りの保守主義者」としての活動が、決して「失望を以つて」のみ迎えられた筈のないこと、むしろまさにその時代の気運と軌を一にする、さらにこの気運をリードする活躍であつたことが知られるであろう。それにまた、都市改造論・建築改良論・食物改良論・仮名遣改良論等々に対する鷗外の反対論は必ずしもたんなる「本の杢阿弥説」であったのではなく、いずれもみなドイツ留学中の研究と省察とをふまえた言説であったのである。

たとえば都市改造論や建築改良論に対しては、既に留学時代のノートや研究の中に、あくまで「合理的・現実的な改良」の道をとらんとする鷗外の見解が記されてあった。『安想』には、「アメリカのAとかBとかの何号町かにある、独逸人の謂ふ Wolkenkratzer《ヲルケンクラッツェル》 のやうな家を建てたい」といふハイカラア連の都市改造論に対して、帰朝後の鷗外は、「都市といふものは狭い地面に多くの人が住むだけ人死《ひとじに》が多い、殊に子供が多く死ぬる、今まで横に並んでゐた家を竪に積み畳ねるよりは、上水や下水でも改良するが好からう」と言ったのだと書かれている。『妄想』ではこのように事もなげに言い放たれている鷗外の主張が、実際に当時の論文――『日本家屋説自抄』（明治二十一年・一八八八）『市区改正は果して衛生上の問題に非ざるか』（明治二十二年）『市区改正論略』（明治二十三年）『屋制新議』（同上）『造家衛生の要旨』（明治二十六年）など――においては、極めて烈しい情熱をこめ、精緻な条理をつくして論ぜられていたのである。

「夫れ我邦、衛生大家の数は指数ふるに遑《いとま》あらず。新聞襍誌《ざっし》の衛生事業を論ずるもの、又何ぞ限らん。而して曾て市区改正の為に一文を草し、単篇を著はしたるものありや。縦令《たとえ》僅に之あるも、寥々たる晨星も啻ならず。之を彼の工芸、美術、実業、経済の諸新誌の累牘《るいとく》連幅、市区改正に関する論議を出して止む事なきに比すれば、其相懸隔すること、明眼の士を竢《ま》つて而して視ざるなり。嗚呼、衛生家の一類は、果して旗を望んで気沮み、逡巡として卻歩《きやくほ》し、他の四類をして中原の鹿を獲せしむるも、心中一点の羞辱を感ぜざるや。是れ余が怪訝せざるを得ざる所なり。」(『市区改正は果して衛生上の問題に非ざるか』)

この「衛生家の一類」を叱咤する激越な言葉には、帰朝直後の青年軍医鷗外の若々しい自負と自信とがあふれている。こういう自負と自信とをもって、鷗外はあの留学中のノートに書きとめたこと、つまり市区改正の実行の前にはまず前業《フオオルアルバイテン》(採光及び換気に関する、また上水及び下水に関する)が不可欠であることを指摘し強調する。そしてこれらの前業が欧米諸国の実例にかんがみても、決して一朝一夕になしとげられるものでないことを警告しつつ、その前業の一々についての逐条的な検討と説明とを倦むことなく進めてゆくのである。『日本家屋説自抄』においても日本家屋の構造が換気・採光・給水その他種々の衛生学上の観点からこと細かに吟味検討された後に、「今日本にて主都建家の改良を計らんとすれば、宜しく根柢より一新するの大事業を起すべし。是れ地中汙水の排除を以て著手の第一点とし、次て市区家屋に及ぶの法なり。……若し然ること能はずんば、旧に依りて日本屋に住するに若かず。」という結論が引出されてくる。これがたんなる「本の杢阿弥説」であろうか。本末を顚倒し、ただ洋風の外観を求めて「巍々《ぎぎ》たる煉瓦の層楼高閣より成れる都会の図画」を脳裡に描き、そのためには貧民の「裏店を烏有に帰し」てしまえばよいと考えるような「富人に利にして貧人に損なる」一部上層者の御都合主義的都市改造論への批判こそ、その主眼点であったと言わなければならない。しかもその批判は、留学中に研究をつんだ確固たる近代的自然科学の成果にもとづいての吟味・検討という周到な用意をもってなされたものであり、欧化主義・改良主義を説くハイカラア連よりもはるかに深く西欧の文化を学び認識してきた者の皮相安易な改良主義的風潮への批判であったのである。

このことは食物改良論に対する場合にも全く同様であって、すでに留学中の研究『日本兵食論』のところで述べた通り、問題は米食廃止論に実験的検討に耐えうる根拠があるかどうかという点にあったのである。鷗外は帰朝の年の十一月、大日本私立衛生会に『非日本食論は将に其根拠を失はんとす』を演説し、翌月これを私費刊行、さらにそれへの批評に答えて『読読非日本食論将失其根拠論』（明治二十二年・一八八九）『読食物論第一』（同上）『木桃数類』（同上）などを書いている。

「諸君よ。我々日本人は此有り難き第十九世紀に生れながら、何故に或権力家の説をば直に認めて、ドグマと做し、此偽造の通則より空中の楼閣たる夥多の細則を作るの癖あるや。何故に彼の西洋の学者の如く平心夷気、夥多の材料を集めて夥多の細則を作り、之を統べて一の汎則と為すに倣はざるや。何故に溯源法を棄てて順流法《デドウクチオン》を取るや。」(『非日本食論は将に其根拠を失はんとす』)

ここにいるのは「Forschung ノ Frucht」ではなく「Forschung ヲ教ユベシ」と留学時代のノートに書いたあの鷗外であり、これが「洋行帰りの保守主義者」の「本の杢阿弥説」なるものの根拠なのである。

また仮名遣改良論に対する反対も、『言文論』(明治二十三年)におけるローマ字論批判や言文一致論についての考察や、『学堂居士の文話』『木堂学人が文のはなし』『おなじ人の文の死活』(明治二十四年)その他における「仮名遣は唯旧に依るべし」とか「ゆめ新文法をなさむなどとおもふこと勿れ」とかの主張に、鷗外の伝統尊重的・保守的見解が表明されているが、これまた留学中の鷗外が着目した文化(ないし言語)の歴史的・伝統的基盤の重要性、「国民性の維持」の必要などに発源するものである。その保守主義もただやみくもの保守主義・国粋主義ではなく、「我邦をのみ言霊《ことだま》の幸ふ国なりといはむは穏なる議論なりとも覚えず。」(『言文論』)とか「我国に国粋ありといはゞ、外国豈外粋なからむや。」(『演劇場裡の詩人』明治二十三年)という広い視野をもち、「狭隘なる偽国本主義 falscher Patriotismus」(『学士の称号』明治二十六年)は断乎としてこれを排撃するものであったのである。

鷗外のいわゆる「本の杢阿弥説」を唱えた「洋行帰りの保守主義者」の活動が、真実にはこのようなものであったことを見てくると、その「洋行帰りの保守主義者」という鷗外自身による命名がやはり二十数年後の鷗外の与えた規定であって、必ずしも明治二十年代における鷗外の実際の活動のすべてを尽しうるものではないことが知られるであろう。たしかに、もっと積極的・能動的な烈しい啓蒙的意欲をこの時代の鷗外の活動のすべてにおいて看取することができるのである。

三

明治二十二年(一八八九)八月の「国民之友」夏期附録に発表された訳詩集『於母影《おもかげ》』は、はじめてヨーロッパ風な近代的抒情詩を日本文学にもたらしたものとして日本近代詩史上劃期的な意義をもつものであったことは改めて言うまでもないが、これはS・S・Sの署名でも知られる通り、鷗外が中心ではあったが鷗外一人の訳業ではなく、市村讚次郎、井上通泰、落合直文、それに妹の小金井喜美子を加えた新声社の仕事として発表されたものであった。それでこれによって得た原稿料五十円は雑誌を出すのに使おうという相談になり、同年十月に「文学評論柵草紙」が創刊されることとなった。

この「しがらみ草紙」という雑誌の名前にも当時の鷗外の気負い立った意気込みをうかがうことができると思う。後に鷗外自身が回顧して、その名は「滔々たる文壇の流に柵をかけると云ふ意味から」つけられたものだと説明している（『柵草紙のころ』大正三年）。そしてわざわざ「文学評論」と頭に割書していることにもうかがえるように、鷗外がこの文壇の流にかける「しがらみ」としようとしたのは「評論」であり、「批評の一道あるのみ」（『柵草紙の本領を論ず』明治二十二年）という徹底的な批評・批判にほかならなかった。創刊号にかかげられたこの『柵草紙の本領を論ず』という文章は、当時の鷗外の文学方面における活動の目指すところがどこにあったかをよく示しているものであるが、その冒頭に鷗外はこう書いている。

「西学の東漸するや、初その物を伝へてその心を伝へず。学は則《すなはち》格物窮理、術は則方技兵法、世を挙げて西人の機智の民たるを知りて、その徳義の民たるを知らず。況やその風雅の民たるをや。是に於いてや、世の西学を奉ずるものは、唯利を是れ図り、財にあらでは喜ばず。……今や此方嚮《ほうこう》は一転して、西方の優美なる文学は、その深邃《しんすい》なる哲理と共に我彊《くに》に入り来れり。」

ここにはまず、鷗外が活動をはじめようとする明治二十年代が、欧米文化の摂取に関してこれまでよりも一歩段階を進めて、実利的なものから文学的・思想的なものにまでその関心が深まってきたことが説かれている。先に見た通り、明治二十年代は十年代末の鹿鳴館的欧化主義への批判と反動とでその幕を開いたのであるが、これは決して欧米文化の摂取それ自体を無用とするものではなかった。三宅雪嶺や志賀重昂、さらに陸羯南《くがかつなん》らの明治二十年代における国粋主義も決して偏狭固陋な排外的国粋主義であったのではないし、まして蘇峰の平民主義は貴族的・表面的欧化主義を批判することにより、平民の立場で欧化主義の内面的徹底を計ろうとしたものであったとさえ見られるのである。明治二十年に出した『新日本の青年』において蘇峰は、明治維新の変革を遂行したかつての青年がいまはすでに老人となり活動力を喪失してしまった事態を指摘して、「明治ノ青年ハ天保ノ老人ヨリ導カルヽモノニアラズシテ。天保ノ老人ヲ導クモノナリ。」と時代を率いる世代の交替すべきことを訴え、この「明治ノ青年」の任務が明治維新につづく「我邦知識世界第二ノ革命」を遂行して新日本を創造することにあるとした。

「今ヤ（我ガ明治ノ社会ハ）既ニ旧衣ヲ脱シ尽シテ。未ダ新衣ヲ着セズ。其ノ泰西ヨリ輸入シタルノ文明ハ。僅ニ表面的有形物質的ノ一斑ニ過ギズ。」

「苟モ泰西ノ文明ヲ我邦ニ扶植セントスルモノハ。必ラズ先ヅ其ノ真面目ヲ看破セザル可ラズ。其ノ真面目ヲ看破スルモノハ。必ラズ先ヅ其ノ精神的ノ文明ニ眼孔ヲ注ガザル可ラズ。……嗟呼我党ノ好青年ヨ。好男児ヨ。若シ卿ノ一歩ヲ転ジテ泰西ノ自活社会ニ入ラバ。願クハ卿ノ二歩ヲ転ジテ泰西ノ道徳社会ニ入レ。若シ物質的ノ文明ヲ望マバ。更ニ眼ヲ挙テ精神的ノ文明ヲ望メ。」

明治二十二年（一八八九）二月には帝国憲法の発布、翌二十三年（一八九〇）十月には教育勅語の渙発と近代的な立憲主義の紛装をまとった天皇中心的国家体制が固められてゆくなかで、この「我邦知識世界第二ノ革命」の事業は進められてゆかなければならなかったわけであるから、その前途には種々の困難が山積していたのではあるが、とにかく明治二十年代には多角的な近代的文化形成への新しい若々しい気運が動きはじめたことは事実であった。明治二十年前後は「明治文学の百川が堤防を切りて一時に氾濫したるが如く、陽春の百花が一時に蕾を破りたるが如く」であったという坪内逍遙の回想の言葉もそのことを物語っているものである。事実、日本の近代文学の黎明を告げるものとされる逍遙の『小説神髄』が出たのは明治十八年(一八八五)、二葉亭四迷の『浮雲』が出たのが明治二十年(一八八七)である。「柵草紙」はこのようにようやく欧米の「精神的ノ文明」に眼が転ぜられ、近代的な文学、美術、学問等が草創されんとする混沌期に生み出されたのである。

「嗚呼、我混沌たる文界も、その蕩清の期は応に近きに在るべし。余等がしがらみ草紙の発行を企てしも、亦聊《いささか》審美的の眼を以て、天下の文章を評論し、その真贋《しんがん》を較明し、工窳《こうゆ》を披剝《ひはく》して、以て自然の力を助け、蕩清の功を速にせんと欲するなり。」

ここに「柵草紙」の文界蕩清の意図は明瞭である。しかも鷗外は、その蕩清の手段たるべき批評・評論は「邦人の歌論と支那人の詩論文則とにのみ拠る」べきではなく、「西欧文学者が審美学の基址の上に築き起したる詩学」という標準にもとづくものでなければならないと言う。鷗外はここであのハルトマンの審美学をとって、文界蕩清の事業にあたらんとしたのである。

* 明治二十九年(一八九六)にほぼこの「柵草紙」時代の文学・美術上の批評を集めて一巻とした『月草』が出されるが、これに附けられた「月草叙」という一文は、鷗外の芸術観を知るに重要な文章である。鷗外はここでハルトマンの審美学を選んだことについてこう書いている。

「己は嘗て我国の芸術的批評に手を下した時、此種の審美問題の最完備して居るハルトマンの審美学を選んで根拠とした。或人はこれを見て苟くもハルトマンの審美学を以て根拠とする以上は、その哲学全系統をも信ぜねばならぬと云った。然し己はハルトマンの無意識の研究に充分の重みのあることを認めるとはいひながら、其全系統を城廓にしてそこに安坐する積でもなければ、又其審美学の形而上門を悉く取り出して切売にする積でもない。……ハルトマンの審美学は、特にその形而上門の偉観をなすのみでなく、その単一問題に至つても目下最も完備して居るのだ。」

またハルトマンの審美学と自分との関係についてはこう書いている。

「……今の世になつても、まだ審美学といへば己の名が出る。己の名が出れば、すぐにハルトマンの名が相伴つて来る。僕をハルトマン一点張の批評家として冷かすと共に、人を射るには先づ馬を射るとかいふ訳で、ハルトマンに対する攻撃さへ始つた。己も迷惑だが、ハルトマンの迷惑も亦想ひ遣られる。己は果してハルトマン一点張であらうか。ハルトマンの審美学に騎りまはつて、馬を射られると落ちるであらうか。事実は立派にこれに対する反証を挙げて居る。……要するに此等の諸篇に著してある難駁は、皆厳重に論理的に筆を下したもので、ハルトマンの説はその引証の主要なる部分を占めて居るに過ぎぬ。己は某の事はハルトマンの所見に合はぬから悪いといつたことは決してない。……但し或る時はわざと身をハルトマンが地位に置いて立言したこともあるが、（烏有先生の論）それとてもハルトマンの或る所見を信仰箇条《ドグマ》らしく提起した訳ではない。その上ハルトマンの前後の審美家の説で、ハルトマンの筆に上らぬものも、又審美家でない芸術史家、芸術批評家の説も、及ぶ限り顧慮してある。それだから己は自分の書いたものを、悉くハルトマンから出たやうに評して居るのを見るたびに、その人のハルトマンを読んだか読まぬかを疑はずに居られぬ。」

なお、明治二十五―二十六年に「柵草紙」に連載され未完に終った『審美論』は、ハルトマンの審美学第二巻「美の哲学」Philosophie des Schoenen のはじめの方の訳述であり、これに代つてそれの全体の大綱を編述したものが『審美綱領』（明治三十二年）である。『審美新説』（明治三十三年）はフォルケルト「美学上の時事問題」J. Volkelt, Aesthetische Zeitfragen の梗概、『審美極致論』（明治三十四年）はリープマン「実相分析」O. Liebmann, Zur Analysis der Wirklichkeit の中の美学に関する部分を鈔出したものである。また未完稿『審美仮象論』（明治三十四―三十五年）は諸家の学説を引証しながら鷗外の美学説を展開せんとしたものと見られる。このほかにまだ未刊に終った『審美史綱』などのあることを考え合わせると、明治二十年代から三十年代にかけての鷗外が批評の標準としての美学の問題にいかに大きな関心を注いでいたかが知られるであろう。

「此時代の鷗外の評論の最も煥焉《かんえん》たるもの」(木下杢太郎・前掲書)といわれる坪内逍遙との論戦は「没理想論争」として知られているが、それは、帰納的批評を立場とする逍遙が当代の小説に固有派・折衷派・人間派の三派の別を立ててその優劣の評価を避け、このように褒貶《ほうへん》にまでわたらない没理想の態度が批評家のあり方でなければならぬとしたのに対し、あくまで「理想」・「審美的観念」を規準とする評価・褒貶の必要を確信する鷗外がこれを不満として、「いで逍遙子が批評眼を覗くに、ハルトマンが靉靆《めがね》をもてせばや。」(『逍遙子の諸評語』明治二十四年)と逍遙に戦いを挑んだところにはじまったものであった。この論争自体の内容は今日から見て「ほとんど論争の態をなしていないといつてよい」(臼井吉見『近代文学論争』上巻)ほどのものでしかなかったが、発足当初の文学世界にこの論争が与えた刺戟と影響の甚大であったことは否定することができないし、また後年鷗外自身が回顧して「あんな仕事は若い時分でなければ出来ない。少々気違染みないとやれないね。」(『柵草紙のころ』)と言っているように、明治二十四年(一八九一)九月から翌年六月に及ぶこの大論争に注ぎ込まれた鷗外のエネルギーは非常なものであった。「独逸にレッシングといふものありき。彼は筆戦の間に名を成して、屍を馬革に裹《つつ》まむの志を曠《むなし》うせざりき。わが平生欣慕するところは是れ。」（『逍遙子と烏有先生と』明治二十五年）と宣言する鷗外は、「苟《いやしく》も言を立つるものに逢ふときは、昧者と雖も打ち棄ておくことなし」（同上）という激しい戦闘的意欲に充ちあふれているのである。

これはなにも逍鷗論争だけに限られたことではない。審美学という「標準」にもとづく批評というこの文壇の流にかけた「しがらみ」に触れるものは、大小強弱・有名無名の別なく、ことごとく鷗外の容赦ない徹底的な批評・批判の的に挙げられ、そこに烈しい論戦・論争がまき起されたのであった。石橋忍月、内田不知庵、巌谷漣、山田美妙、更に東京帝国大学教授外山正一、等々。

「鷗外先生は日本のハルトマンなり。鷗外先生は日本第一の審美哲学者なり。鷗外先生は日本第一の物識なり。鷗外先生は「轍《わだち》」を弁ずるに四頁二百余行を費し芝廼園《しばのその》を退治するに前後二十余頁を無駄にせしほどの大家也。若し一言の粗忽をして先生の御機嫌を損ずる事あれば忽ち二三十頁のお世話を掛くる恐あればゆめ謹んで決して危きに近寄るべからず。」（内田魯庵『文学者となる法』明治二十七年）

「文学評論柵草紙」によって文界「蕩清の功を速にせん」ことを期した明治二十年代の鷗外の批評活動は、このように揶揄されるほどにまで徹底的に戦闘的であったのである。おびただしい数にのぼる外国作品の翻訳も、具体的な作品において種々の範例を示すということの時代の鷗外の啓蒙的志向から行われたと見てよいであろう。

四

文学方面におけるこの戦闘的な啓蒙活動にもまさって鷗外が力をこめてたたかったのは、医学——近代的実験的自然科学としての医学の確立のためであった。事柄の性質上ここには、「レッシングは元よりゲーテ、シラーに加へて新鋭のハルトマンの切れ味まで示した七ツ道具の勁勇精悍なる武者振」（内田魯庵『紙魚繁昌記』）ほどに人目をひく華やかさはなかったが、それが鷗外の専門をもって任ずる医学であるだけに、その啓蒙活動は一そう戦闘的かつ徹底的であった。

一体、文学においては、啓蒙と言い、審美学の標準にもとづく批評による文界の蕩清と言っても、その標準たるべき審美学は、鷗外の拠ったハルトマンのそれが唯一絶対のものではないことは鷗外自身も熟知していたところである。いかに体系的に完備したものであると言っても、ハルトマンの審美学も多くの審美学の中の一つの審美学に過ぎず、それ以外のものが悉く誤れるものであるという権利はもちえない。したがって、鷗外がハルトマンの審美学によって文界蕩清をはかっても、もちろんこのハルトマンによって文界は蕩清し尽せるものではないのであって、なしうることは、このように審美学という「標準」にもとづいて批評することが必要なのだという一つの実例を提示し、教示することにとどまらざるをえない。ここに文学の場合の問題の困難があり、論争が必ずしも生産的な結果をもたらすとは限らぬ理由もある。ところが、医学の場合にはそれと異り、あくまで「標準」はただ一つ実験的医学であって、それ以外のものはすべて誤りであるとすることができたのである。ここにおいて鷗外の啓蒙的文筆活動が一層の戦闘性と徹底性を加えることにもなった。

鷗外自身としては留学中にやったような実験室での研究生活の継続を期待したところもあったらしいが、帰朝即日陸軍軍医学舎（軍医学校）教官に補せられた鷗外は、その年の暮には陸軍大学校教官に兼補され、明治二十三年（一八九〇）には陸軍二等軍医正（少佐相当）に、明治二十六年（一八九三）には陸軍一等軍医正（中佐相当）に進級、軍医学校長に補せられる。そしてその間、兵食試験委員、陸軍衛生会議議員、兵衣試験委員、中央衛生会委員等々の役職を仰付られ、また東京美術学校で美術解剖学、慶応義塾大学で審美学の講師などをも務める。とうてい研究どころの話ではない。そこで鷗外の医学面における活動は、あのベルリン時代のノートに書きつけた「福沢ノ政学ニ於ケル如」き啓蒙活動に集中される。そして留学中に日本における医事新聞の発行として計画されたものは、「衛生新誌」(明治二十二年三月創刊)、「医事新論」(同年十二月創刊)、「衛生療病志」(二十三年九月、前記両誌を合併)などの雑誌の刊行として実現された。しかもこれらの雑誌による啓蒙活動は、たんに西欧医学の成果を紹介し普及すること、あの留学中のノートにいう「受売」と「買出」とに満足するものではなくて、そういう成果を産み出す力を養うこと、つまり近代的実験的医学の確立を眼目とするものであり、その目標達成のための障碍物を除去することに大きな努力が傾注されるのである。

後年鷗外は、ベルツが東京帝大を去るに当って行なった演説において「学問は機械道具の如く一地より他の地に運送す可き者に非ずして、有機体なり、生物なり。此生物の種子をして萠芽し生長せしむるには、一種特異の雰囲気なかる可からず。日本は従来洋学の果実を輸入したり。其器械道具の如く輸入せらるゝことを得て、又実用に堪へたるは、果実なるを以てなり。」と批評したのに対して、当時「一人の論評に上らずして已《や》」んだこの批評がまさに適中したものであることを認めて注意をうながし、その上で更に次のように述べている。

「然りと雖、我国人中豈絶て果実輸入に慊《あきたら》ざる者なからんや。具眼者は、多くは早く既に彼の学問の種子を長ずる雰囲気を我国内に生ぜしめんと試みたり。独立の研究を以てして、前人未知の事を発明すること是なり。独逸人の所謂 ARBEIT を貴むこと是なり。……予の如きは、菲才微力なりと雖、亦最も早くこれを唱道したる随一人にして、ARBEIT を翻して業と曰ふは殆ど主として予の創意に出で、我軍医学校は始て其室に名づけて業室と曰ひ、又当時の校長田代義徳氏は研究の成績を刊行して、始て題して業府と曰ふ。其志の存ずる所、豈見る可からずや。」(『洋学の盛衰を論ず』明治三十五年)

このような「具眼者」・先覚者としての自負は、先の留学中のノートによって見ても、またこの明治二十年代の活動から見ても、たしかに理由のないものではなかったのである。

* 『洋学の盛衰を論ず』は、明治三十五年(一九〇二)三月、東京転住に際し小倉偕行社の送別

会で鷗外が行なった演説である。日本における洋学の変遷を辿って当時兆しはじめた洋学衰退の気運に警告を発し、とくに坪内逍遙の島村抱月送別会における洋行論――「従前の洋行者は定見なくして往き、彼《かれ》の学に心酔せり。今後の洋行者は定見を持して往き、彼に参考の資を求む。」――及び姉崎嘲風の洋行無用論に反駁して、右のベルツの批評に言及し、更に洋学摂取の必要のあることを力説した注目すべき内容のものである。

なお、ベルツの演説は明治三十四年（一九〇一）十一月に行われたもので、『ベルツの日記』（岩波文庫・第一部下）にもその論旨が出ている。

たとえば、帰朝の翌年に鷗外は、日本医学の未来について在独武嶋某の説いた「消極的《ネガチイフ》なる……関係的《レラチイフ》なる議論」（未来の日本医学は日本固有の医学に欧米の医学を加味したものであり、この日本医学を欧米の医学に対峙せしめ、欧米の医学を凌駕せしめるところに最終目的があるとする）に断固反対して、「余等は積極的《ポジチイフ》なる絶峙的《アブソルウト》なる……医学の未来を求むるものなり。此医学は欧米の医学に非ず。日本の医学に非ず。国際的《インテルナチオナアル》の医学なり。此ニルワアナに到達するの道は一あるのみ。曰く研究《フォルシュング》是なり。」（『日本医学の未来を説く』明治二十二年一月）と書いている。つづいてこの年の二月、呉秀三の「医学統計論」に寄せた『医学統計論の題言』に端を発したいわゆる「統計論論争」は十一月まで烈しい応酬がかわされた――『統計に就て』(三月)、『統計に就ての分疏』(六月)、『統計三家論を読む』(八月)、『三たび統計に就てを読む』(十月)、『統計の訳語は其定義に負かず』(十一月)。この論争はスタチスチックを「統計」と訳すことの可否をめぐって戦わされたのであるが、鷗外の論議はたんに訳語の適不適を論ずるに終らず、論敵の科学の研究方法に関する認識が不正確・不充分であることを摘出して「実験的帰納法」と「統計的帰納法」との意義の別を詳細明瞭に説きつくしたのであった。

更にこの論争の間、「帝国大学の某氏は余を診して書痴の症となせり」と聞くや、たちまち『書痴の説』(七月)を書いてそれに応える。

「余が記述する所の太《はなは》だ多きものは何ぞや、今の学問は帰納的なり実験的なり、射物《スペクラチィフ》の言固より毫釐の価なし。其進歩を扶けんと欲するものは、十年試験場に出入して、片言其成績を録し、能く天下の学者をして慴伏《しょうふく》せしめん。譬えば猶宮殿を築くがごとし、一塊の石、一条の柱も彫鏤して其美を成さん事咄嗟にして弁ずべきに非ず。則ち是れ輓今学者の本色にして、余も亦初より之れを知れり。啻に之を知るのみならず、余が微力を揣《はか》らずして功を他年に期せんと欲する事業は、険難苦渋、木楔《ぼくせつ》石を鑽《うが》つが如し。

其心を焦し髄を枯らす所以のもの、実に此に在り。」

「余は何ものぞや無学無識、年三十に近くして未だ一業の以て人に示すべきものあらず。滞欧四年、秋毫も得る所なくして帰れり。而して今身を挺して医学世界に跳出し、揮霍《きかく》縦横憚らず懼れず、以て彼の開拓の重任に当らんと欲す。是れ殆ど蠡《れい》海を測るに非ざれば、則ち土津を塞ぐの類なるべし。其書痴の汚名を被ふる、豈故なしとせんや。」

「書痴の汚名」を蒙っても、新日本の研究者のために瓦礫を排除し破壊して道をととのえる開拓者の重任をあえて背負わんとする鷗外は、「吾今日の名誉は害ふべし、吾後年の事業は凝《さまた》ぐべし、吾志は奪ふべからず。」とその固い決意を表明したのである。

これらの論争文や駁論を載せた「東京医事新誌」の緒論欄が、このような鷗外の戦闘的な文筆活動を「阻格せんとする分子」の陰謀によって倒されると、間髪をいれず鷗外はその年の十二月には「医事新論」を創刊し、「『医事新論』とは何ぞや。実験的医学をして我邦に普及せしめんの目的にて興れる一雑誌なり。」(『敢て天下の医士に告ぐ』)と宣言する。そこに記された「嗚呼此奪ふべからぬ志は決して挫折せず、我実験的医学の前途に白蛇の横れる限り、彼刀筆斗筲《とそう》の材が堂々たる学問の宮殿に住める限り、彼摸稜《もりよう》の手段が天下医事の重機を滞らしむる限りは、余は我志を貫き我道を行はんと欲す。吾舌は尚在り、未だ嘗て爛れざるなり。我筆は猶在り、未だ嘗て禿せざるなり。」という言葉の通りに、鷗外は縦横の筆をふるって「悪声」とたたかい（『悪声』『ひらき封一通』明治二十三年二月、『悪声絶』三月）、日本における医学教育に秩序を与うべきことを論じ（『日本医育論・補遺』三月、『再び日本の医育を論ず』四月）、第一回日本医学会がたんなる知識交換会または教育会に過ぎず真に「実験的医学の輓推《ばんすい》」をはかる近代的学会でないことを批判し（『第一回日本医学会と東京医事新誌と』四月、『第一回日本医学会余波の論』五月）、和漢方医に対する痛烈な攻撃の矢を放ったのである（『所謂和漢方医』六月、『津田真道氏』八月、『春雨猶沢あり、之に漏るるは誰ぞ』九月）。

「去年の夏、和漢方医大に東京に会しぬ。而して世間其議したるところを伝ふるを聞くに、会衆は我第二十六世紀の医学に乖戻《かいれい》するものに似たりき。此時に当りて、東京の医事雑誌は皆其事を録したれども、一も褒貶の筆を著けず。僕心窃《ひそか》にこれを怪み、一日挙げて顕職に居たまふ医某君に問ひぬ。某君いはく。和漢方医の群には決死の士あり。其運動に抗抵するものあらば、直に往て刺さむとす。雑誌に褒貶の筆なきは、固より怪むに足らずと。僕これを聞いておもへらく。壮士を政界に役する、既に其可なるを見ず。

今これを医境に駆ることあらば、是れ実に学問を塵土に委ぬる秋ならむと。慨然筆を呵して短文一篇（前掲『所謂和漢方医』のこと）を草しぬ。……是故に僕は自ら軽佻の誚を免れざることを知れりと雖も、壮士の称に至りては、これを受くることを肯ぜざるなり。夫れ壮士の称は、これを朋党のために頤使せられて、人を殴ち人を刺すものに贈るべくして、これを一家の論を立て、勢威のために屈せられず、壮士の拳に逢ひては鶏肋を護らむとせず、壮士の匕首に逢ひては鮮血を惜まむとせざるものに贈るべからず。僕が医学唯一論は死すと雖も更はらざるべし。史を説くものはコペルニクスをして叫ばしめていはく。汝能く我を殺すといへども、地は尚旋転すべしと。是れ僕が志なり。足下其れこれを思へ。」（『春雨雑誌の記者に告ぐ』二十四年五月）

明治二十六年（一八九三）五月から翌年八月に及ぶ『傍観機関』の論争は、文学における逍遙との没理想論争に比較される大論争であったが、それはこの「医学唯一論」を奉ずる鷗外の戦闘的啓蒙活動が爆発的に展開されたものにほかならない。医学界に政治的策動を行なって学問の進展をさまたげる老策士の運動を反動（Reaction）とし、これを支持する「医海新報」を反動機関と呼び、第一回・第二回日本医学会を反動祭ときめつける「傍観者」鷗外の、「斯道のためなれば千万枝の筆禿すともよし」（『岡目集』二十六年八月）という覚悟は一貫して変らない。ここに孤軍奮闘する「傍観者」とは客観的な立場からあくまで公正な主張をなす者のいいであり、後に「あそび」「諦念」などと共に言われる「傍観者」ではない。この『傍観機関』の論争はたしかに、その分量においても、横溢する戦闘的意欲においても、かの逍鷗論争を凌駕するものがあったと言ってよいのである。よくもあしくも、ここには明治二十年代の鷗外のすべてがさらけ出されている。

五

文学・医学の両分野にまたがる鷗外の戦闘的啓蒙活動なるものが、このようなものであったことを見るとき、それが明治二十年代における新文化形成の気運をリードせんとする目ざましい奮闘努力であったことは明かである。けれども、この戦闘的啓蒙活動がただ文学・医学の領域に限られたものに過ぎなかったという点もやはりここに指摘しておかなければならないであろう。明治二十四年（一八九一）八月、医学博士の学位を授けられた鷗外は、求められて学者の履歴を語った後で、医学雑誌による自分の文筆活動にふれて、「官途に就いて居る者が新聞を書くと言つて、不思議な事でもして居るやうに言ふ人もありますが、政治論を書くでもなし、学問上の事を書くにはどんな官に就いて居ても少しも不都合のあるべき筈がありません。」（『森林太郎氏が履歴の概略』）と語っている。いかに鷗外が「戦闘的」であったにしても、「政治論を書く」ことは慎重に避けられているし、その活動は「不都合のあるべき筈が」ない範囲を充分心得た上でのものであった。「触ルルコト莫クンバ何ゾ蝮蛇ノ怒ニ逢ハン。」というあの構えはここでも決して崩されてはいないとも見られるのである。

鷗外に『読売新聞の解停を祝す』（明治二十二年十二月）という文章がある。その前半を引いてみる。

「余の独逸に在るや、国会議員リヒテル等の機関新聞は口を極めてビスマルク侯の政略を罵り、或は又た戯謔の文を作りて陰にこれを侵すこと殆虚日なかりき。一日ビスマルク侯は一葉の新聞紙を手にして議場に出で、これを朗読したる後、其論旨の誤れるを痛斥し、且曰く。記者が以て我失算なりとせし処は、紙面に大活字を以て植ゑたるを以て、余が老眼にも容易にこれを看出すことを得たり。亦僥倖ならずやと。満堂鬨然《こうぜん》たり。

独逸当時の新聞は、其言論に忌憚なきこと此の如くなれども、余は未だ曾て其停止の惨を被りしことを見ざるなり。

（中略）今茲（明治二十二年）の季冬は何ぞ厄運の我文界を襲ひ来ることの甚きや。我読売新聞は曾て憲法発布の日を以て其主義を公言し、民智を闡発し学問を普及せしむることを以て自ら期したり。此時よりして以来渠《かれ》は能其誓を踏みて、終始渝ることなく、外交に関する問題を痛論せし外には、勉て其語気を温雅にし、満幅の風流文学、読者をして靄々たる太平の気象に浴せしめしに、一紙の公文忽ち降りて其発刊を停め、余等をして流雲日を蔽ふが如き想をなさしめしは、抑も何の故ぞ。

余等は此停止の命の彼国民の友の禁縛と倶に出でしを見たり。彼と此とは皆我国文学の機関たり。故に其論ずる所も亦平和を以て自ら期するものなり。二者の斉しく其厄に逢ひしは、抑又何の故ぞ。

嗚呼、余等は其故を尋ぬること能はず。唯だ其顕象を観て、心窃《ひそか》に我国家の為めに惜む所ありき。又我文界の為めに歎ずる所ありき。」

「読売新聞」や「国民の友」や更に「日本人」その他の諸新聞雑誌に発行「停止の惨」

を蒙らしめたものは、憲法発布を前に国民の言論を弾圧し、発布以後にも依然法律として通用せしめられた言論四法によるものであることは言うまでもない。鷗外は「其故を尋ぬること能はず」と言い、「心窃に我国家の為めに惜む所」あることを表明しながら、もっぱら筆を「学問上の事」に限って、そこに「戦闘的」な啓蒙活動を行うのである。かの『傍観機関』の論争の冒頭においても鷗外は、「若し此傍観機関にして、万一かの学問の機関の及ぶこと能はざる所に及ぶことあらば、そは余們が関するところにあらず。」(「反動者及傍観者」明治二十六年五月)と断っている。しかし、それならば自分の仕事の説明に、「自らロベズピイル、ダントンの仕事はせなん」でも「ヲルテエル、ルウソオは文章で革命の土台を作つた」(「再び反動機関を論ず」同年九月)と、あのアンシャン・レジームそのものに対する激しい批判・攻撃を浴せた十八世紀フランスの啓蒙思想家の譬をもってきたのは、それこそ鷗外の「思い上り」ではなかったろうか。

鷗外が引受けたのは、「彼の学問の種子の長ずる雰囲気を我国内に生ぜしめん」(『洋学の盛衰を論ず』)とする「開拓」者の「重任」であった筈である。そして鷗外は書いた。「嗚呼、誰か能く自ら進で此任に当るものぞ。渠は新日本の研究者の為めに道路を開拓するものなり。渠は或は後人の謝恩に遭ふ事もあるべし。然れども万里の荊棘《けいきょく》瀰望《びぼう》際なく、意を決して之を芟除《さんじょ》せんと欲するが為めに、渠は衣巾を破り手足を傷けらるる事あるべし。否、中道にして身亡ぶる事も其必無を期すべからず。」(『書痢の説』) と。だが果して鷗外は本当に「衣巾を破り手足を傷けらるる」危険を冒したのであったか。鷗外が「余の医林に於けるや現に敗軍の一将たり」(『敢て天下の医士に告ぐ』) と書き、「余は天下の棄材なり。余は今の医海にありて、何の用にも立つべからざる人物なり。」(『傍観機関』「学者の価値と名望と」明治二十六年六月) と言ったとき、それは「衣巾を破り手足を傷けら」れたがゆえに「敗軍の一将」となったのであろうか。また「中道にして身亡」ぼされたがゆえに「天下の棄材」と化したのであったろうか。決してそうではない。この「敗軍の一将」とか「天下の棄材」とかいうのは、ただ鷗外が「軍人社会で謂ふ心太《ところてん》と云ふ制度の為に」「試験室の戸の外へ」「撞き出されて」「学問界の失敗者」(『衛生談』明治三十六年) となったということを意味しているにすぎない。この軍人社会の心太《ところてん》制度によって「撞き出され」るにまかせて、自分には「ヨーロッパにおいて教育された学者 (医学) を自力のアルバイトによつて独立に継続育成すること」(Eindrücke. 1887) という最肝要の仕事を断念させ、甘んじて「学問の失敗者」とならざるをえなかった軍医鷗外は、まさにそれなるがゆえにあの啓蒙活動に挺身しなければならなかったし、また挺身することができたのである。だがそれは、鷗外の言う

「衣巾を破り手足を傷けらるる事」も「中道にして身亡ぶる事」も「必無」の安全地帯からの啓蒙でしかなかったのではないか。『傍観機関』の「傍観者」は、先に書いたように、たしかに後年の「傍観者」ではないと言ってよい。しかし、やはり一個の「傍観者」であったには違いないのである。「余は天下の棄材なり。余は今の医海にありて、何の用にも立つべからざる人物なり。」につづけて、鷗外は書いている。「是れ豈余が観潮楼上に高臥して、傍観機関を著すことを得る所以にあらずや。」(「学者の価値と名望と」)と。

このように「敗軍の一将」・「天下の棄材」たることを強いられて「傍観者」の地位に甘んぜざるをえず、しかもそれを強いた当のものには刃向うこともできず、また刃向おうともしなかった鷗外であったからこそ、その文学・医学の領域における文筆活動には「少々気違染み」るまでの「戦闘性」が加わったというのが、この二十年代における鷗外の活動の真相ではなかったかと思われる。「啓蒙」とは言っても、ここには必ずしもオプティミスティックな晴れやかさはないのである。この章の冒頭に、鷗外の「戦闘的啓蒙」活動が、心中の結ぼれを解き放たんがためのものかと思われ、そのエネルギーが鷗外内部における抑圧に発源するとも見られると書いたのは、こういうことであったのである。

第四章　二つの戦争の間

一

明治二十年代における鷗外のいわゆる戦闘的啓蒙活動に終止符を打ったのは、明治二十七・八年（一八九三・四）の日清戦争であった。鷗外は中路兵站軍医部長、ついで第二軍兵站軍医部長として出征する。かの逍鷗論争をはじめとする烈しい論戦・論争の場であった「柵草紙」と医学界における「反動」的傾向に対して戦いをいどんだ『傍観機関』の舞台「衛生療病志」とは、二十七年（一八九三）の八月及び十月に相継いで廃刊される。戦争を終り、鷗外は台湾総督府陸軍局軍医部長の役職を経て十月に凱旋するが、この間の動静は『徂征日記』、『日清役自紀』（新版全集別巻一）によって知られる。二十八年（一八九四）四月には鷗外は陸軍軍医監（大佐相当）に進んでいる。凱旋後はまた軍医学校長となるが、鷗外は翌二十九年（一八九五）一月から早速、前の「柵草紙」に代る「目不酔《めさまし》草」を創刊し、また三十年（一八九六）一月には「公衆医事」を発刊する。

「目不酔草」の巻一から『鴫翮掻《しぎのはねがき》』として載せられた文学・絵画その他に関する短評文及び新作批評には、あの「柵草紙」の戦闘性・啓蒙性のなごりがまだ見られないでもないが、概して言えば、「「柵草紙」のいかつく、ゆゆしげなるに対して、之は其名の如く、めざましく、したしげである。」（木下杢太郎・前掲書）と言うことができる。「柵草紙」の「尚武」的な性格とはかなり対照的である。そのことは、『鴫翮掻』につづく新作批評『三人冗語』（三月以降）のメンバーが鷗外と幸田露伴と斎藤緑雨であること、それにつづく『雲中語』（九月以降）は、それに新たに依田学海、饗庭篁村、森田思軒らの加わったものであることからも想像することができるであろう。それに、たとえば『三人冗語』の書き出しは次のような調子である。

「笑ふもあれば泣くもあり、怒るもあるは、酒といふをかしきものを飲んでの上の其人々の癖なるべし。ほむるもあれば謗るもあり、感にたへての涙をこぼしてありがたがるあり、腹を抱へてこれはと笑ひ出すもあり、これでは済むまじとむづかしい顔して怒るもあるは、小説といふものを読んでの後の分別なり。人さま〴〵のおもひ〳〵も、つまりは読んだあまりのわざくれに過ぎねば、何と云はうとも別に仔細のあることならぬ三人冗語はじまり〳〵。」

そして翌三十年（一八九七）五月からはじめられた『標新領異録』もほぼ同じ上記のメンバーに弟の三木竹二、尾崎紅葉、森槐南等が加わったものであり、しかもそこでとり上げられる作品は「村井長庵巧破傘」であり、「好色一代女」であり、また「水滸伝」、「浮世道中膝栗毛」、「神霊矢口渡」、「琵琶記」等々である。

以上のような事柄に、更に三十年八月（一八九七）「新小説」誌上に発表された小説『そめちがへ』が洒落本風の体裁のものであったことを考え合わせるならば、この「目不酔草」当時の鷗外が「柵草紙」時代の「戦闘的啓蒙家」鷗外とは著しく違ってきているのを知ることができるであろう。こういう鷗外はもはや時代の先頭に立つ指導的位置にはいないのである。すでに明治二十六年（一八九三）には清新溌剌たる「文学界」が若い北村透谷、星野天知、島崎藤村らによってはじめられているし、明治二十八年（一八九五）には「帝国文学」、「太陽」等、三十年代の文学・思想界の主導権をにぎる雑誌が誕生している。いわゆる紅露逍鷗の時代は過ぎて、彼らは文壇の老大家的位置にまつり上げられているにすぎないのである。

「目不酔草」の寿命はとにかく明治三十五年（一九〇二）二月まで維持されたが、三十二年（一八九九）からその三十五年（一九〇二）までは鷗外の小倉左遷の時期にあたる。この間「目不酔草」において鷗外は『審美新説』、『審美極致論』のような地味な仕事をつづけ、足かけ十年にわたった『即興詩人』（明治二十五年十一月「柵草紙」―三十四年二月「目不酔草」）を完結している。小倉転任の翌年一月一日、「福岡日日新聞」に書いた『鷗外漁史とは誰ぞ』において、鷗外は「西僻の陬邑《すうゆう》」小倉から、「博文館の太陽が中天に君臨して、樗牛が海内文学の柄を把つて居る」中央の文壇をにらみつつ、「鷗外漁史はこゝに死んだ」とみずから宣言した。もつとも、ここで鷗外は、「鷗外は殺されても、予は決して死んでは居ない」といなおり、今の文壇は「末流時代の文壇だ」との手厳しい評言を投げつけてはいるが、地理的にも遠く中央からしりぞけられた鷗外が、全く時代の第一線的地位を他に譲ったことは否めない事実であった。

* 「文壇ハ博文館ノ樗《タカヤマ》也　牛帝国文学ノ井ノ哲トニテカキマハシ居リ彼レハ金ノ威光此レハオ上《カミ》ノ威光ナレバ無是非事ニ候我等モ露伴デモ一シヨニ動ク気ガアレバメサマシイ事ガ出来ザルニ非ズト雖団結ガ出来ヌユエ馬鹿ニセラレ放題ナリ我等ハドウデモ好イガ国民ノ趣味ガ下ルノハ嘆ズベキ事ニ候」（明治三十三年二月十一日賀古鶴所宛）

明治三十五年（一九〇二）三月、小倉の第十二師団軍医部長を免ぜられ、第一師団軍医部長に補せられて東京に帰ることのできた鷗外は、六月に上田敏の「芸苑」と合同して雑誌「芸文」を創刊する。この雑誌はわずか二号で終り、十月から「万年艸」と改題されるのであるが、その第一号にのせられた『芸文題辞』における「研究は其の尤も微細に入らんことを欲し、去就は必ずしも流俗と其歩調を斉一にせんことを期せず。」という言葉に、「芸文」及び「万年艸」の雑誌としての性格をうかがうことができる。

「予等の社会に対するや、鼓舞せず激成せず、所謂問題提供者となりて香餌を時流に投ぜず、唯持長耐久して静に培ひ徐に養ひ、以て国民趣味の助育を数十年、数百年の後に期せんのみ。」

ここに言う「所謂問題提供者」とは高山樗牛を諷したものと考えられるが、それはとにかく、あの文界「蕩清の功を速にせん」ことを期した「柵草紙」から「目不酔草」を経て、今や「鼓舞せず激成せず」「唯だ持長耐久」するという「芸文」及び「万年艸」にまで変ってきたわけである。時に鷗外は数えて四十一歳となっている。

雑誌「万年艸」もやがて二年後の明治三十七年（一九〇四）三月には廃刊される。この年の二月に対露宣戦布告の詔がくだり、鷗外が第二軍軍医部長として出征したからである。『人種哲学梗概』、『黄禍論梗概』などを講じたのはその前年のことであった。戦争中の作品として『うた日記』（明治四十年刊）一巻をのこし鷗外が東京に凱旋したのは三十九年（一九〇六）一月、翌四十年（一九〇七）十一月には軍医として最高の地位である陸軍軍医総監に任ぜられ、第八代目の陸軍省医務局長の椅子につく。ここに地位の安定を得た鷗外は再び精力的な文筆活動を開始し、いわゆる「文壇再活躍時代」（森潤三郎）あるいは「豊熟の時代」（木下杢太郎）に入ってゆくのである。

以上のように明治三十年代、日清戦争から日露戦争前後に至るあらましの経緯を辿ってみると、この時期の鷗外にはあの二十年代の「洋行帰り」の鷗外の颯爽たる武者振りの見られぬことが明かになる。批評活動は続けられてはいるが、二十年代のものとはだいぶ趣きを異にするものであり、鷗外自身の言葉を借りれば、「今の文壇の思想の圏外に予は立つてゐて、予の思想の圏外に今の文壇は立つてゐる」（『鷗外漁史とは誰ぞ』）のである。創作はまず不振と言ってよい。小説は先に挙げた『そめちがへ』一篇だけ、戯曲に『玉匣両浦島』(明治三十五年)、『日蓮聖人辻説法』(明治三十七年)、詩に『長宗我部信親』(明治三十六年稿)、『うた日記』などが数えられるにすぎないし、また外国文学の翻訳も『即興詩人』のほかには寥々たるものである、医学上の論文、翻訳等の数もまた少い。その代りに眼につくことは、鷗外の処世智集大成ともいうべき『智慧袋』(明治三十一年)、『心頭語』(明治三十三―三十四年)、『続心頭語』(明治三十四年)、『慧語』(明治三十六―三十七年)等の一連の短文集を鷗外が書きつづけていることである。そしてまた、『明治三十一年日記』を見ると、鷗外がきわめて多数の和漢書を購入していること、それを読めば「貸本文学」の卒業生になるというあの「随筆類」を数多く熱心に読み耽っていることが知られるし、また『小倉日記』を見れば、古蹟や墓所を探訪し、知名の漢学者や古人の家系をしらべ、書画を検討している鷗外の姿が各所で強く印象づけられるのである。

総じてこの三十年代は小倉左遷の時期を中心として、あのドイツ留学の成果を縦横に活用した華々しい啓蒙活動から一歩を退き、その二十年代への反省から幼少時以来の漢学的古典的教養への思慕・関心が再び強まってきた時期であると云うことができるであろう。と言っても、鷗外の啓蒙家的要素がなくなったなどと言うのではない。『普通教育の軍人精神に及ぼす影響』(明治三十三年)、『北清事件の一面の観察』(明治三十四年)、『洋学の盛衰を論ず』(明治三十五年)、『人種哲学梗概』『黄禍論梗概』(明治三十六年)その他に啓蒙家的特色が一貫して流れていることは明瞭である。だがその発現形態にはもはや二十年代の「戦闘性」は見られないのである。これはもちろん鷗外の側だけの変化によるのではなく、時代背景の変様がそこにあわせて考えられねばならないであろう。しかし、とくに足かけ四年に及ぶ小倉時代がそれ以後の鷗外の生涯に残した刻印はきわめて大きく深いものがあったのである。ちょうどドイツ留学がそれまでの鷗外への反省をもたらし、また帰朝後の明治二十年代の活動を準備した時期であったのと同じように、この小倉時代は二十年代の鷗外への反省と次の四十年代以降の活動への準備とがなされた時期であったと言うことができると思う。

二

明治三十二年(一八九九)六月から三十五年(一九〇二)一月までの小倉時代は、明かに「左遷」による鷗外の不遇時代であった。鷗外はみずから「隠流《かくしながし》」と号する。「当地にても小生の小倉に来りしは左遷なりとは軍医一同に申居り決して得意なる境界には無之候」と、小倉に着いて間もなく鷗外は母宛の手紙（六月二十七日付）に書いている。そしてこれにつづけて軍医部内の悶着に触れ、「一方より見れば菊池江口の事は決して他人の上とは思ふべからず小生とてもいかなる罪を蒙るか予測すべからず実に危急存亡の秋なり唯だしづまりかへりて勤務を勉強し居るより外はなけれど決して気らくに過すべき時には無之候されば局長が折れて正道に向はるゝか又小生までも同じく罷めらるゝかこの二つは或はあまり遠からぬ内に決するかも知れ不申候」と述べている。ここに局長というのは時の軍医総監・医務局長小池正直である。小池はかつて鷗外が陸軍に採用されるのに手間どったとき、鷗外のための推薦状を進んで書いた大学以来の同窓であった。鷗外に先んじて医務局長の椅子についた小池は、帰朝以来の華々しい活躍によって鷗外の名声が高くなったのを面白からず思って鷗外を小倉に左遷したのであったという（森潤三郎・前掲書参照）。事実、かの『傍観機関』の論争において鷗外は、「第二回日本医学会誌を編し、凡例数条を作りてこれを巻首に附」した「小池正直氏」にも鉾先を向けたことがあったし（「第二回日本医学会誌の凡例」明治二十七年六月）、また「大学教授、軍医総監等の為す反動事業は、開業医の為す反動事業と、其大小広狭を殊にすと雖も、その反動たる所以一なる以上は、反々動論者は、反動といふ一語の下にてこれを評する権利あり。」(「七たび反動機関を論ず」明治二十六年十二月)と上官に対しても反動は許さぬ強硬な主張をしたこともあった。このような医学分野での啓蒙活動だけでさえ軍医部内の上役に快くは受取られなかったであろう。それに鷗外は更に文学の領域でも目ざましい活躍を行なって、二十年代の末には「今文《いまぶん》だんの神《かみ》よ」(樋口一葉『みづの上日記』明治二十九年五月二日)とさえ言われるまでになっていたのである。

「かやうに一面には当時の所謂文壇が、若し名声といふものが幸福であるならば、予に実に副《かな》はざる名声を与へて、見当違の幸福を強ひたと同時に、一面には予が医学を以て相交はる人は、他《あれ》は小説家だから与に医学を談ずるに足りないと云ひ、予が官職を以て相対する人は、他は小説家だから重事を托するには足らないと云つて、暗々裡に我進歩を凝げ、我成功を挫いたことは幾何《いくばく》といふことを知らない。予は実に副はざる名声を博して幸福とするものではない。予は一片誠実の心を以て学問に従事し、官事に鞅掌《おうしょう》して居ながら、その好意と悪意とを問はず、人の我真面目を認めてくれないのを見るごとに、独り自ら悲むことを禁ずることを得なかつたのである。」

これは先にも引いた『鷗外漁史とは誰ぞ』(明治三十三年一月)の一節である。鷗外が文事に耽って官事をないがしろにしているという非難の声は部内の一部にかなり強くあったようである。少くともこういったことが鷗外を小倉に左遷する口実にはなったのであったろう。

この小倉左遷はたしかに鷗外にとって「危急存亡の秋」であった。鷗外はこのことあるを聞いたとき、一時は陸軍をやめる決心をさえ固めたのである。しかしながら鷗外はついにこの決意を実行に移すには至らなかった。それは親友賀古鶴所にいさめられ、弟たちになだめ止められたためであったと伝えられている(森潤三郎・前掲書)。右に引いた『鷗外漁史とは誰ぞ』の一節にもうかがえるように、鷗外のやるかたなき不満怨懣は大きかった。『小倉日記』のはじめには(明治三十二年六月十八日)、「私《ひそか》に謂ふ、師団軍医部長たるは、終に舞子駅長たることの優れるに若かず」と、鷗外はあからさまに書きつけているのである。

その後「局長が折れて正道に向は」れた様子もなかったけれども、鷗外が「同じく罷らるゝ」こともなく、鷗外はその地位と境遇に強い不満は抱きながら、とにかくそれを抑制しまぎらしながら、「唯だしづまりかへりて勤務を勉強」することに努力する。そして勤務の余暇には仏典の研究に心を向け、フランス語・ロシア語・サンスクリットの勉強などをはじめる。「この頃は午前九時出勤午後三時退出直ちに衣服を更へて仏語教師の宅に参り六時に稽古済み帰りて湯をつかひ晩食し直ちに葉巻一本啣《くは》えて散歩に出で申候一本がなくなるまで小倉の町を縦横無碍に歩めば丁度一時間位立ち至極体によろしく候それにて九時頃に相成申候それより仏語の手帳を浄書し又梵語を少しやれば十時半か十一時になり直ちに寝ることゝいたし候」（明治三十二年十二月十九日森潤三郎宛）という生活である。このような生活のなかで次第に鷗外のいわゆる「諦念」（resignation）を理想とする生活態度がはっきりと作り出されてゆく。

すでに見てきたように、鷗外が家のため社会のために自己の意志の抑圧を強いられ、「諦念」に甘んじなければならないことは度々あった。けれども、留学中にせよ二十年代にせよ、その頃の若い鷗外にはそのために心のうちに結ぼれたものを外部の活潑な活動生活によって解きほぐし、まぎらすことが充分にできたのであった。ところがこの三十年代・小倉時代の壮年鷗外にとっては、あたかも全く外部への活動の道は封ぜられたような形であったから、鷗外は自分自身の内部で、日々の生活のなかで、その充たされぬもの結ぼれたものを処理してゆかなければならなかったのである。しかもその不満は、二十年代当時のそれよりも一層直接的・具体的なものであったのである。

さて、鷗外の妹の小金井喜美子は明治二十二年（一八八九）の『於母影』の訳業にも加わり、ほかに数々の翻訳を行なったりして二十年代にはかなり活潑な文筆活動を営んでいたのであるが、それがこの頃になると次第に家庭の事情や育児のことなどにわずらわされて仕事ができなくなってきた。その問題を喜美子が小倉にいる兄林太郎の許にしきりに訴えたのに対し、鷗外は次のような返事を書いている（明治三十三年十二月二十九日推定）。

「先日の書状あまりに大問題にて一寸御返事にさし支、不相済と存じながら延引いたし居候内、今年も明日と明後日とのみ相成候。家内の事は少なりと雖、亦久慣の勢力重大なるため、改革の困難は国家と殊ならずと存候。……兎角は年長の人々を不快がらせずに、出来る丈の事をなすといふに止め度者と存じ候。……文事にいとまなきよし承候。これも又似たることにていかなる境界にありても平気にて、出来る丈の事は決して廃せず、一日は一日丈進み行くやう心掛くるときは、心も穏になり申者に候。小生なども其積にて、日々勉学いたし候事に候。物書くことあながち多く書くがよろしきには無之、読む方を廃せざる限は休居候ても憂ふるに足らずと存じ候。」

自分の身にひきあてて書いているこれらの言葉に、当時の鷗外の考え方をよく読みとることができるであろう。そしてこの同じ問題に触れている母宛の書簡（明治三十四年月不詳）では、鷗外は更に一層詳しく自分の考えを述べている。その手紙はかなり長いものであるが、どうしてもここにその全文を引く必要がある。

「十日の御書状拝見仕候。庭の模様がへ、北村のおくりし朝顔の事など承候。おきみさんより同日の書状まゐり候。家事（姑に仕へ子を育つるなど）のため何事（文芸など）も出来ぬよしかこち来候。私なども同じ様なる考にて居りし時もありしが、これは少し間違かと存じ候。おきみさんの書状を見るごとに、何とかして道を学ぶといふことを始められたしと存候。道とは儒教でも仏教でも西洋の哲学でも好けれど、西洋の哲学などは宜しき師なき故、儒でも仏でももちと深きところを心得たる人をたづねて聴かれ度候。毎日曜午前位は子供を団子坂にあづけても往かるるならんと存候。少しこの方に意を用ゐられ候はば、人は何のために世にあり、何事をなして好きかといふことを考ふるやうになられるならん。考へだにせば、儒を聞きて儒を疑ひ、仏を聞きて仏を疑ひても好し。疑へばいつか其疑の解くることあり、それが道がわかるといふものに候。道がわかればいはゆる家事が非常に愉快なる、非常に大切なることとなる筈に候。又芸に秀づる人は、譬へば花ばかり咲く草木の如し。松柏などは花は無きに同じ。されど松柏を劣れりとはすべからず候。何でもおのれの目前の地位に処する手段を工夫せねばならぬものに候。小生なども道の事をば修行中なれば、矢張おきみさん同様の迷ををりをり生じ候へども、決して其迷を増長せしめず候。迷といふも悪しき事といふにはあらず。小生なども学問力量さまで目上なりとおもはぬ小池局長の据ゑてくるる処にすわり、働かせてくるる事を働きて、其間の一挙一動を馬鹿なることとも思はず無駄とも思はぬやうに考へ居り候へば、おきみさんとても姑に事へ子を育つることを無駄のやうに思ひてはならぬ事と存候。それが無駄ならば、生きて世にあるも無駄なるべく候。生きて世にあるを無駄とする哲学もあれど、その辺の得失は寸紙に尽しがたく候。ここに方便を申せば、おきみさんは名誉を重ぜられ候ゆゑ、名誉より説くべきに候はんか。小生なども我は有用の人物なり。然るに謫せられ居るを苦にせず屈せぬは、忠義なる菅公が君を怨まぬと同じく、名誉なりと思はば思はるべく候。おきみさんもおのれほどの才女のおしめを洗ふは、仏教に篤き光明子がかたゐの垢をかきしと同じく名誉なりとも思はば思はるべく候。これは方便にして、名誉の価は左ほど大ならずともいふべけれど、名誉より是の如く観じ候如くに道の上より是の如く観ずるときはおのれの為す事が一々愉快に、一々大切なるべく候。飛んだ説法に候へども、おきみさんへの返事のかはりに、此紙に筆に任せ認め進じ候。

十四日　林　母上様」

この「説法」でも、決して他人事《ひとごと》でなく、常に「私なども云々」と言い、「小生なども云々」と書いて、自分も「修行中」の「道を学ぶ」ことを喜美子に勧めている。「道を学ぶ」とは、要するに安心立命を得べく努力することであり、「何でもおのれの目前の地位に処する手段を工夫」することにあった。いかなる境遇、地位に置かれても、たとえばそれが「学問力量さまで目上なりとおもはぬ小池局長の据ゑてくるる処」であっても、それを不満とし不当として思いわずらってはいけないので、「其間の一挙一動を馬鹿なこととも思はず無駄とも思はぬやうに考へ」ることができなければいけない、と言うのである。いかなる境遇、地位でもそれを「名誉なりと思はば思はる」るのであるから、と言うのである。俗な言葉で言えば、すべては気の持ちよう、考え方次第ということであろう。どのような地位、境遇に置かれるかは、所詮自分の力の及ばぬことである。置かれた場所で自分のできることをするまでだ——これは鷗外が自分に言い聞かせている言葉であったに相違ない。「おきみさん同様の迷ををりをり生」ずる鷗外であってみれば、なんとしてもまずこの処生観を自分に納得させる必要があったわけである。そしてこれを母宛の手紙の中に書いていることには、遠く小倉にある鷗外の動静をあれこれと気遣う母にも読ませるという配慮も働いていたのであろう。

＊　この「道の論」に関連した手紙がもう一つあるから序でに引いておく。それは明治三十四年（一九〇一）十二月五日付の喜美子宛のものである。

「……近頃井上通泰、熊沢蕃山の伝を校正上本せしを見るに、蕃山の詞に、敬義を以てする時は髪を梳《くしけず》り手を洗ふも善を為す也。然らざる時は九たび諸侯を合すとも徒為のみと有之候。蕃山ほどの大事業ある人にして此言始めて可味なるべしと雖も、即是先日申上候道の論を一言にて申候者と存候。朝より暮まで為す事一々大事業と心得るは、即ち一廉の人物といふものと存候。」

鷗外は後に有名な『Resignation の説』という談話を雑誌「新潮」に載せている（明治四十二年十二月）。鷗外がそこにおいて resignation と名づけているのは、「私は私で、自分の気に入った事を勝手にして」「それで気が済んでゐる」、他の人との優劣の比較などは心にないから、「人の上座に据ゑられたつて困りもしないが、下座に据ゑられたつて困りもしません」という考え方であり、態度である。「私は文芸ばかりでは無い。世の中のどの方面に於ても此心持でゐる。それで余所の人が、私の事をさぞ苦痛をしてゐるだらうと思つてゐる時に、私は存外平気でゐるのです。勿論 resignation の状態と云ふものは意気地のないものかも知れない。其辺は私の方で別に弁解しようとも思ひません。」

明治四十二年（一九〇九）の鷗外が実際にこの言葉通りの心境にあったかどうかは後で扱う問題として、あくまで外界に対してはインディファレントな態度を持して、自分だけの考えで自分だけの仕事に打込んで満足しなければならないというこういう考え方が、小倉時代にはっきりと形づくられるに至ったものであることは明かである。そしてこういう考え方なり生活態度なりは、実は当時の鷗外が「文芸ばかりでは無い。世の中のどの方面に於ても此心持でゐ」られはしなかったし、「存外平気でゐ」られもしなかったからこそ、「修行」して学びとられねばならなかったのである。それは小倉左遷という逆境において強いられた一身の安心立命の理想であった。心術として言えば、鷗外の resignation は一つの極限の覚悟にほかならない。この覚悟に徹する努力が必要とされる限り、理想はあくまでも理想であって現実ではない。現実における不満、「迷」はなかなかに消しきれるものではなかったのである。

三

鷗外が『智慧袋』、『心頭語』、『続心頭語』、『慧語』といった一連の短文集を書いたのは、前にも書いたように、いずれもこの小倉時代前後のことであった。『智慧袋』は小倉転任の前年明治三十一年（一八九八）八月から十月まで、『心頭語』が小倉在任中の三十三年（一九〇〇）二月から翌年二月まで、『続心頭語』が同じく三十四年（一九〇一）八月から十二月まで、『慧語』が東京に転任した翌年三十六年（一九〇三）の三月から八月まで、それぞれ「時事新報」、「二六新報」、「新小説」に連載されたのである。『心頭語』の後半と『続心頭語』とは時評的雑感の文章であるが、そのほかはすべて箴言風の処世智訓である。

『智慧袋』には第一回のみ観潮楼主人の署名があり、以下は鷗外訳補として掲載されたというが、その第一回「序言」に言う通り、ここに鷗外自身の処世智を見てよいであろう。その「序言」によれば、『智慧袋』は、「心ざますなほにして、教育あり素養ある少年」に処世の道を問われたとき、「また同じやうなる男の年稍長《た》けたる」ひとにどうも自分は長上に用いられず仲間からも容れられない、自分より能力の劣る者にも凌がれる、どうしたらよいのだろうかと問われたとき、自分ならどう答えることができようかと考えて、その「能く頭角を顕はして、而も忌まれず妬まれず、能く人の意を承けて、而も曲げず諛《へつら》は」ずという「道徳の書に見えず礼節の書に見え」ない難しい教えを、「わが智のあらん限」り書いたものなのである。

たとえば「独り負ふべき荷」と題して――

「憂あり禍あり又足らざることありて、汝が思慮の救ふこと能はず、汝が意志の排することと能はざるときは、決してそを人に告ぐること莫れ。親き友も例外にあらず、妻子も例外にあらず。例外たるは独り汝をその不祥の境界より援け出だし得る事の明かに知れたる人あるのみ。然れども此の如き人は常には有らず、概して言へば絶て人に告げざるに若かじ。憂禍不足は汝が肩の上なる重荷なり。……」

あるいはまた「怒らざる事」と題して――

「人の汝が説を容れざるときは、我は汝の能く忍ぶを知る。人の汝の説を排するときは、我は汝の猶或は能く忍ぶを知る。されど人の汝の説を嘲《あざけ》るときは、我は恐る汝の怒らざること能はざるべきを。汝の血を冷《ひや》やかにせよ、汝の血を冷かにせよ。何れの場合なるを問はず、怒は人を服する所以にあらざればなり。」

こういった一二の例によって『智慧袋』、『心頭語』、『慧語』等がどんなものかをおよそ知ることができるであろう。たとえそれがなにかからの翻訳であったにせよ、そこにはきわめて鷗外的な見解が多く見られ、またその時々の鷗外の心境をうかがわせるようなものもかなり含まれている点で興味深いものである。

たとえば、小倉時代に書いた『心頭語』において鷗外が次のように言うとき――

「友の変じて敵となるものあり。是れ敵の最も恐るべきものなり。我兵力を知り、我軍資を知り、乗ずべき弱点の那《いづれ》の辺に在るを知るものは、即ち此敵なり。」（「友より敵」）

また「敵」と題して次のように書いたとき――

「人に愛せらるると愛せられざるとは、汝が意志の得て左右するところにあらず。これに反して人に卑まれざると人に卑まるるとは、汝が意志の左右することを得る所なり。……世人何人か敵なきことを得ん。唯だ自ら敵を求めざれ。而して敵の自《おのづか》ら生ずるを憂へざれ。……敵の自ら生ずるを憂へずとは、信仰の存ずるところを護惜《ごじやく》し、職務の命ずるところを遵奉して、人に怒られ悪まれ中傷せられ迫害せらるるをも厭はざるなり。若し人ありて、此自ら生ずる敵をさへ生ぜざらしむることを得といはば、われはこれを巧なりとせん。されど巧なるもの即ち善しとはせざるならん。」

また更に「敵の残酷」と題して次のように書きつけたとき——

「敵はいかに汝を罵り辱むとも、これに対《こた》ふるに罵詈凌辱をもてすること勿れ。彼熱すとも汝は冷なれ。彼動くとも汝は静なれ。猶一歩を進めて言はば、敵の残酷は罵辱の裡に在らず。敵の党を樹て勢を張りて、汝を社会の外に駆り、生《いき》ながら汝を埋め去らんと欲するや、汝の云ふところ為すところは、何の反響をも生ぜず、敵は汝を空気あつかひにするならん。……凡そ敵の云為《うんい》はいかに残酷ならんも、その不公平ならん限は、決して時間に抗すること能はず。時間黙移の中には、一たび破れたる均衡の必ず再び故《もと》に復るを見るものなり。」

これらの言葉は、鷗外を小倉に左遷せしめた鷗外自身の「敵」を念頭に浮べての言葉であったように読まれるのである。これらは小倉における鷗外の自戒の言葉ではなかったかとさえ思われる。

また先に鷗外の結婚に対する態度を説明するものとして引用した「つまさだめ」という一文は『智慧袋』において結婚の問題に触れた唯一のもので、その一番最後におかれていたものであるが、『智慧袋』につづく『心頭語』ではその冒頭から夫婦の問題、離婚の問題、恋愛の問題、女性の問題についての意見が述べられている。「厭倦の予防」、「責任を竭すことの周全」、「妻より愛すべき女」、「夫婦間の秘密」「夫婦は分業」等々。これは鷗外が第一の妻赤松登志子の死の知らせを得たのが『心頭語』起稿後十日のこと（明治三十三年二月四日）であり、また第二の妻荒木茂子を迎えたのが『心頭語』『続心頭語』を書き終えた明治三十五年（一九〇二）一月のことであったことを考え合わせると、かなり意味深いことであったように思われる。ここにも鷗外の様々な思いがこめられていたのであろう。しかし、そこに見られる鷗外の夫婦観とでもいうべきものは、夫婦それぞれ責任を充分につくすことが「家裡《かり》の風波を防ぐ道」であるとか、夫婦和睦のためには生計に多少の余裕のあることが「欠くべからざる基本の一」であるとか、離婚の原因として奸通が挙げられるが、夫の場合のそれと妻の場合のそれとの軽重如何は、妻の場合の奸通は「我財産と権利と」を他人の子に与えることになる点を考えてみれば明瞭であるとかいう、概して常套的・因習的な通俗の見解以上に出るものはない。

ただ、「夫の家の妻の家より富貴ならんは、一家主脳の重きを致す所以にして、願はしき事なり。これに反して妻の家の夫の家より富貴なるは、多く平和を破る因となる。」(「妻の貧富貴賤」)とか、夫婦ともに賢なることは願わしいが、「精細、慧巧、謹慎、耐忍など」「所謂細事の智《エスプリ・ド・デタイユ》」が女子にはふさわしく、「学識あり閲歴あり、能く深沈に能く鞏固に先見の明ありて成心の累なきなど」は男子にふさわしい「精神上作用」である(「賢夫婦」)とか鷗外が書いているときには、そこに「眉目妍好《けんこう》ならずと雖、色白く丈高き女子」で「和漢文を読むことを解し、その漢籍の如きは、未見の白文を誦すること流るゝ如く」(『小倉日記』明治三十三年二月四日)であったという第一の妻のことを思い浮べてもよいであろう。

なおここで注意をひくもう一つの点は、鷗外が「恋愛」の問題を論ずるに日本と西洋の風俗習慣の相違に説き及び、恋愛を「罪悪」と見る我が俗をとるべきか、それを「徳義」と見る彼の俗をとるべきか、その断定をさし控えていることである。これは先の「つまさだめ」の一文にもうかがわれた配慮であった。

「恋愛の事豈説き易からんや。その説き易からざるは、我国と西洋と全くその俗を殊にしたればなり。我俗は相識らずして相婚す。社会の下層には猶みあひの儀ありと雖、この一会見は形を相知るに在りて、心を相知るに在らず。上流の夫婿と新婦とは、華燭の夕に至りて、纔に其面を相識るを例とす。西洋の俗は相識りて択み、相択みて挑《いど》み、諾すれば婚成り、諾せざれば婚破る。而して女《ぢよ》の諾すると婚の成るとの間、所謂許嫁の交をなす。蒙昧若しくは惑溺の甚だしきにあらざるよりは、その心を相識らざらんと欲するも得べからず。」(「恋愛」)

「そもそも西洋先愛後婚の俗は開明の俗にして、東洋先婚後愛の俗は野蛮の俗なるか。彼の俗懦弱にして排棄すべく、我の俗健剛にして保存すべきか。現行の少年男女の教育は我俗を保存するに宜しきものなるか。将《はた》彼の俗に従はざるべからざる風潮を誘起する所以のものなるか。世には道徳を論ずるを業となすものあり。又恋愛を論ずるを業となすものあり。願くば我をして諸家の先婚後愛に関する意見を聞いて、以て平生の疑惑を解くことを得しめよ。」(「無愛の婚」)

恐らくこの種の「疑惑」は鷗外が留学時代から抱持していたものであったろうと思われる。「恋愛は人生の秘鑰《ひやく》なり、恋愛ありて後人生あり」にはじまる『厭世詩家と女性』(明治二十五年)その他の評論においてきわめて大胆明確に近代西欧的人間的恋愛観を高唱し、またそれを実行した北村透谷がその悲劇的な戦闘の生涯を閉じたのは明治二十七年(一八九四)であった。小倉で迎えた第二の妻との結婚における鷗外の態度はやはりはじめの結婚のときと同じく母親まかせであったという。鷗外の母は、林太郎はわたくしさえ承知すればよいのだから、当人同志の見合いなどするには及ばないと言ったが、先方では一生の大事ゆえ当人同士の見合いをするのでなければ話は断ると主張したため、やっと鷗外が上京する運びになったのであると言われている(小堀杏奴『晩年の父』)。「老父母の勧説」がここでも「つまさだめの主なる動因」であったわけである。これは鷗外が「東洋先婚後愛の俗」をあえて「保存」すべきものと断定して、行為によって「平生の疑惑」を解いたのであったかどうか。どうもそうらしくは思われない。結果的にはそういうことになるかもしれないが、鷗外はここでは問題の解決を一時留保して、便宜的な処理をしたにすぎないように思われる。鷗外がこのように配偶者の決定や職業の選択にみずからの意志を通さず、「是等の事柄には全く怙恃《こじ》の意志を通した」こと、これが「東洋に於ける道徳の根原たる孝道の完成に比すれば、欧羅巴の「美と自由との認識」は下位に在るべき価値だと」「はっきり意識せられて」「確かに断定せられた」（木下杢太郎「森先生の人と業と」）ことだとは考えられないのである。鷗外が「はっきり意識」していたのは東西の俗の相違であって、そのどちらを良しとすべきかはついに「疑惑」のうちに未決定にのこされていたのではないか。「確かに断定」したのは「西洋先愛後婚の俗」・「真の自由結婚」が日本の現状ではなかなか行われがたいということであって、東西の俗・道徳の価値の上下ではなかったのではないか。少くとも『心頭語』におけるこれらの言葉に照らして結婚問題に関する鷗外の態度を見ると、「兎角は年長の人々を不快がらせずに、出来る丈の事をなすといふに止め度」（前引、小金井喜美子宛書簡）という便宜的・政治的な処理がなされているだけで、問題は一向に解決されているのではないと言ってよいように思う。鷗外におけるこの東洋と西洋との問題は未解決のままなお持ち越されてゆくのである。

＊　明治三十四年（一九〇一）十二月二十三日小倉偕行社において「師団長閣下。旅団長閣下。並に満堂の諸君。」を前に鷗外が行なった講演『北清事件の一面の観察』は、前年勃発し、この年に講和議定書の調印を終った北清事変に日本軍も参加して欧州列国の軍隊と接触したことから蒙るであろう「風俗習慣上の影響」の「利導」の必要を説いたものであるが、ここにおいても鷗外は「一々の観察に就いて、正当なる判断を下」すべきことを強調して、「東西道徳上気習の相異に論及」している。「……近日内村鑑三氏の過激なる論説中、偽善を責むる一段には、小官は同情を禁ずること能はず。我国人の観察眼は、冥暗裡に偽善気風に化せられて、多少苛酷なることなきを保し難し。……単に表面の観察を以てするも、中江篤介氏が一年有半に云へる如く、欧洲人は、我国人の如く、良家の女子の面を見て、心に婬褻の事を想ひ、口に卑猥の言を出すこと無し。進んで婚姻のことに至れば、良家の男女は、多少の日子を費して相交り相知り、愛情を生ずるに非では礼を行はず。嘗て一士官の利害上より富家の女を娶り、一年余の間同衾せず、後に愛情を表白して、同衾するに至れりと云ふ説話あり。此の如きは彼十字軍以後の武士道に伴へる、女子を尊崇する遺風にして、一説には MADONNA 信仰より淵源すと云ふ。此思想より見るときは、我国の婚姻は殆ど強姦に近き者となる。……欧洲人の SENTIMENTALISMUS は、縦令人類の思想として高尚ならんも、これを我国に移植する利害は、容易に決す可からざるが如し。……」ここでは「欧洲人の SENTIMENTALISMUS」・「西洋先愛後婚の俗」が「人類の思想として高尚」であり「開明の俗」であることを鷗外は一応容認していたかに受取れる点が注目されてよい。

　また明治四十四年（一九一一）に鷗外が書いた戯曲『なのりそ』は、「自由結婚」を主張する一令嬢が、洋行帰りで「和魂洋才」を口にする一青年をやりこめるところを描いていて興味深い。

それには、「わたくし、生利《なまぎゝ》な事を申しますやうですが、只今の外国の様子を見てお帰りになつて日本社会に対して不平のおありなさらないやうな方なら、それは詰まらない方かと存じますの。」というような科白も出てくる。

四

大君《おほきみ》の任《まけ》のまにまにくすりばこ
　もたぬ薬師《くすし》となりてわれ行く

明治三十七年（一九〇四）四月、日露戦争に出征する鷗外が宇品出港に際して詠んだ歌である。「大君の任のまにまに」第二軍軍医部長として戦場に赴く鷗外にはもとより戦争に対する些かの疑念などはなく、むしろロシアを破ることに大きな使命感を抱いていたようである。『うた日記』に収められている「第二軍」において鷗外は歌っている。

海幸《うみさち》おほき　　樺太《からふと》を

あざむきえしが　交換歟《かうくわんか》
わが血流《ちなが》しし　遼東《れうとう》を
併呑《へいどん》せしが　なに租借《そしやく》

鉄道北京《てつだうぺきん》に　いたらん日《ひ》
支那《しな》の瓦解《ぐわかい》は　まのあたり
韓半島《かんはんたう》まづ　滅《ほろ》びなば
わが国《くに》いかで　安《やす》からん

本国《ほんごく》のため　君《きみ》がため
子孫《しそん》のための　戦《たゝかひ》ぞ
いざ押《お》し立《た》てよ　聯隊旗《れんたいき》
いざ吹《ふ》きすさめ　喇叭《らつぱ》の音《ね》

樺太・千島交換条約の調印は明治八年（一八七五）、遼東還附は言うまでもなく日清戦争後の講和条約におけるロシア・ドイツ・フランス三国のいわゆる三国干渉によるものである。日清戦争に勝利をえたにも拘らず、三国干渉によって遼東半島を返還せねばならなかったということは、当時の日本人の多くに甚だしい屈辱として受けとられた。これはただに一般国民だけのことではない。明治二十年代に「国民之友」によって平和主義・商業主義・平民主義を唱えて言論思想界に指導的な活躍をしたかの徳富蘇峰も、これを転機として実力主義・国家主義・帝国主義へと方向転換したのである。「予は是に於て無力なる道理は、有力なる無道理に勝たず、道理をして実行せしめんとせば、之を実行せしむる実力なかる可らざるを覚悟したり。即ち道理其物は、殆んど自動的にあらずして、他の力を待つて、始めて其の妙光を発揮することを覚悟したり。予は是に於て、力の福音に帰依したり。」（『時務一家言』大正二年）というのが蘇峰の説明である。「臥薪甞胆」という言葉が多く唱えられるようになった。ここに日露戦争への素地は準備されていたわけである。日清戦争後の国家意識昂揚の波にのって、高山樗牛や井上哲次郎らの「日本主義」なども露骨に帝国主義政策の必要を説くに至ったのである。

しかし、一方に戦争に対する批判的な動きもここに生れた。たとえばまず内村鑑三である。彼は日清戦争は「義戦」であるとしてこれを支持したのであったが、「戦局を結んで戦勝国の位置に立つや、其主眼とせし隣邦の独立は措て問はざるが如く、新領土の開鑿、新市場の拡張は全国民の注意を奪ひ、偏に戦捷の利益を十二分に収めんとして汲々」(「時勢の観察」明治二十九年)たる日本国民の「実益主義」的「偽善」をキリスト者として許すことができなかった。日清戦争は、彼に「戦争の害あつて利のないこと」を痛感させ、日露戦争においては彼を非戦論者として働かせる一動因となったのである(「余が非戦論者となりし由来」明治三十七年)。蘇峰の場合とはちょうど逆方向の転回である。そして日清戦争後における資本主義の飛躍的な発展に伴って生れた労働運動・社会主義運動も明治三十年代には急速な発展をとげ、日露戦争の開始に対しては平民社が設立され、「平民新聞」を刊行して幸徳秋水や堺利彦らを中心とする非戦・反戦運動が展開されるに至ったことは周知のところであろう。

社会主義の問題については後年鷗外が深刻に頭を悩ますことになるわけであるが、この日露戦争当時の社会主義者たち、さらに内村鑑三のような人の非戦論・反戦論に対して鷗外がどう考えたかを知るべき材料は何もない。明治三十五年(一九〇二)末から翌年はじめにかけての「万年艸」に矢野竜渓の『新社会』についての長文の批評を書いている鷗外であるから、それを知らなかった筈はないとも考えられるが、戦争を本務とする軍人である以上、非戦・反戦などは全然問題にはならなかったのでもあろうか。鷗外にとって日露戦争は疑いもなく「本国のため、君がため、子孫のための戦」であったのである。

日露開戦の前年に鷗外が早稲田大学の課外講義に『黄禍論梗概』(刊行は三十七年五月)を講じたことは、すでに記した通りであるが、そこにおいて鷗外が説いたのは、まず「黄禍」という「白人の側で黄色人に対して抱いて居る感情」を研究することの重要性であった。改めてここに断るまでもなく黄禍論が世界に喧伝されるに至ったのは日清戦争に勝った日本の国家的進出という国際的状況においての話である。鷗外は言う、「吾人黄人は、先頃の北清事件でのやうに、往々白人等と鑣《くつわ》を並べて進んで、却つて他の黄色種族と争ふやうな姿になつて」いるけれども、「一般の白人種は我国人と黄色人とを一くるめにして、これに対して一種の厭悪若くは猜疑の念をなして居る」のであるから、「吾人は嫌でも白人と反対に立つ運命を持つて居ることを自覚せねば」ならない。したがって、その「敵情の偵察」として「所謂黄禍の研究」をしておかなければならないのだ、と。そして更に鷗外は、『黄禍論梗概』も先の『人種哲学梗概』も実はこの「全く同じ目的」を目指すものであるとして、次のように述べている。

「猶進んで申しませうなら、日露の間には恐らく戦争が避けられぬであらうと、誰も信じて居りまするが、此戦争が我に不利であつたら、彼等白人は黄禍の一部分を未萠に圧伏し得たといふので、凱歌を唱へませうし、若し又我に利があつたら、其時こそは我戦勝の結果を、成るべく縮小しようとして、そこへ究竟の手段として黄禍論を持ち出すのは、智者を待つて知ることでは厶《ござ》りますまい。さうして見れば、黄禍論を研究するのは吾人の急務では厶《ござ》りますまいか。」

鷗外は日露戦争を、「一つの臆病論」に過ぎない身勝手な「黄禍論」を説く「白人種」に対する一撃とも考えていたようである。『うた日記』に「黄禍」と題する次の詩一篇がある。

勝《か》たば黄禍《くわうくわ》　負《ま》けば野蛮《やばん》
白人《はくじん》ばらの　えせ批判《ひはん》
褒《ほ》むとも誰《たれ》か　よろこばん
謗《そし》るを誰《たれ》か　うれふべき

黄禍《くわうくわ》げにも　野蛮《やばん》げにも
すさまじきかな　よべの夢《ゆめ》
黄《き》なる流《ながれ》の　滔滔《たうたう》と
みなぎりわたる　欧羅巴《よおろつぱ》

見《み》よや黄禍《くわうくわ》　見《み》よや野蛮《やばん》
誰《たれ》かささへん　そのあらび
驕奢《けうしや》に酔《よ》へる　白人《はくじん》は
蝗《いなむし》　襲《おそ》ふ　たなつもの

黄禍《くわうくわ》あらず　野蛮《やばん》あらず
白人《はくじん》ばらよ　なおそれそ
砲火《はうくわ》とだえし　霖雨《ながあめ》の
野《や》営《えい》のゆめは　あとぞなき

そしてこの後に次の和歌二首が添えられている。

黄《き》なる奴繭糸《やっこまゆいと》となれわれ富まん
　いなまば汝《なむぢ》きなるわざはひ
黄《き》なれどもおなじ契《ちぎり》の神《かみ》の子《こ》を
　しへたぐる汝《なれ》しろきわざはひ

明治三十八年（一九〇五）九月のポーツマス条約によって、両国満州撤兵・遼東租借の日本引継ぎ・東清鉄道譲渡・樺太南半割譲等の諸条件をかちえて日露戦争は終結した。鷗外が「第二軍」に歌った「樺太」も「遼東」も「鉄道」もすべて我手に収めた勝ちいくさである。「見よ開闢の　むかしより　勝たではやまぬ　日本兵　その精鋭を　すぐりたる奥大将の　第二軍」は、翌年一月十二日東京に凱旋する。鷗外も奥司令官麾下の将校として入京早々、同日の午前宮中に参内する。そして午後は自宅での祝宴である。森於菟氏のこの日の日記によれば（『森鷗外』）、「父上は甚元気事毎に大笑し敵軍の事をロスケロスケと云ひて戦地の話を」したという。その話のうちで於菟氏は自分の興味を覚えたものを書きとめておられるが、その一つは、「露軍と我軍とにては其力の差甚だしからず。常に此方の苦しむ時は彼方も苦しみ、僅か一歩の差にて彼方より折れ来て勝負決するなり。沙河大戦の時は特に我兵少く弾薬足らず非常の苦境に陥り、最後の一瞬まで勝敗定めがたかりき。」という話である。その二は「乃木大将父子の事」である。その三は「石田治作」の話である。

これらのことがいずれも日露戦争中の鷗外にとっての忘れえぬ体験であったことは、『うた日記』によって裏書きすることができる。

明治三十七年（一九〇四）十月の沙河会戦ではないが、それに先立つ五月の南山における苦しい激戦のさまを歌った「唇の血」を引いてみよう。これは『うた日記』の中での力作である。

土嚢《つちぶくろ》　十重《とへ》に二十重《はたへ》に　つみかさね
屋上《やのうえ》を　おほふ土《つち》さへ　厚《あつ》ければ
わが送《おく》る　榴霰弾《りゅうさんだん》の　甲斐《かひ》もなく
敵《てき》は猶《なほ》　散兵壕《さんぺいがう》を　棄《す》てざりき

剰《あまつさ》へ　嚢《ふくろ》の隙《すき》の　射眼《しやがん》より
打出《うちいだ》す　小銃《こづつ》にまじる　機関砲《きくわんはう》
一卒進《そつすゝ》めば一卒僵《そつたふ》れ　隊伍進《たいごすゝ》めば隊伍僵《たいごたふ》る
隊長《たいちやう》も　流石《さすが》ためらふ　折《をり》しもあれ

一騎《き》あり　消金山上《せうきんさんじやう》より　駆歩《くほ》し来《きた》る
命令《めいれい》は　突撃《とつげき》とこそ　聞《きこ》えけれ
師団《しだん》旅団《りよだん》に伝《つた》へ　旅団聯隊《りよだんれんたい》に伝《つた》ふ
隊長《たいちやう》は　士気《しき》今《いま》いかにと　うかがひぬ

時《とき》はこれ　五月《ぐわつ》二十五日《にち》　午後《ごご》の天《てん》
常《つね》ならば　耳熱《みゝねつ》すべき　徒歩兵《とほへい》の
顔色《がんしよく》は　蒼然《さうぜん》として　目《め》かがやき
咬《か》みしむる　下唇《したくちびる》に　血《ち》にじめり

戦略《せんりやく》何《なん》の用《よう》ぞ　戦術《せんじゆつ》はた何《なん》の用《よう》ぞ
勝敗《しようはい》の　機《き》はただ存《そん》ず　此刹那《このせつな》に
健気《けなげ》なり　屍《かばね》こえゆく　つはものよ
御旗《みはた》をば　南山《なんざん》の上《うへ》に　立《た》てにけり

誰《たれ》かいふ　万骨《ばんこつ》枯《か》れて　功成《こうな》ると
将帥《しやうすゐ》の　目《め》にも涙《なみだ》は　あるものを
侯伯《こうはく》は　よしや富貴《ふうき》に　老《お》いんとも
南山《なんざん》の　唇《くちびる》の血《ち》を　忘《わす》れめや

第二の「乃木大将父子の事」についての話とはこういう話である。「初め長子勝典南山にて戦死したるにより人人次子保典を旅団副官になせしかば父将軍心平ならざりき。或夜将軍軍司令部に帰らんとするにとある物影に一人の兵何物かを負ひて行きつ戻りつす。将軍何かと問へば「死なせてならない人が死にました」と叫ぶ。誰かと再び尋ぬれば「司令官の御子さんの保典少尉です。先刻から野戦病院を探して居りますがわかりません」と云ふ。父将軍再び云はず、只鞭を挙げて其方を示し馬の足搔を早めて司令部に帰れり。保典少尉戦死の報一たび伝はるや幕僚一同色を失ひ将軍に報ずるに忍びざりき。終に副官進み出で「閣下私は今最御気の毒な報告をしなければなりません」と云ひも終らず将軍首を打ちふり「知つとる知つとる云はんでもよろしい」とて又何事も云はざりしと。」『うた日記』にはやはりこのことを歌った長篇の詩「乃木将軍」がある。その最後の部分は次の如くである。

果《は》てましし　処《ところ》は高地《かうち》　二零《れい》三
目鏡《めがね》もて　敵《てき》の備《そなへ》を　望《のぞ》みます
うら若《わか》き　額《ぬか》のただ中《なか》　打《う》ち貫《ぬ》かれ
ひと言《こと》を　宣給《のたま》はん　ひまもなく
持口《もちぐち》の　南《みなみ》の峯《みね》に　うせ給《たま》ふ
その骸《から》を　奴《やつこ》背負《せお》ひて　此村《このむら》に
ありと聞《き》く　野戦病院《やせんびやうゐん》　たづぬれど

くるほしき　心《こゝろ》からにや　たづねえず
かくいふを　駒《こま》をとどめて　聞《き》きましし
将軍《しやうぐん》は　病院《びやうゐん》の旗《はた》　あるかたを
鞭《むち》あげて　彼方《かなた》にこそと　さし給《たま》ふ
面《おも》ざしは　かはたれ時《どき》に　見《み》えねども
目《め》ざとくも　雲《くも》の絶間《たえま》ゆ　覗《うかが》ひし
さむ空《そら》に　まだ輝《かがや》かぬ　冬《ふゆ》の星《ほし》
更闌《かうた》けて　友《とも》なる星《ほし》に　将軍《しやうぐん》の
睫毛《まつげ》だに　動《うご》かざりきと　語《かた》りけり

もとより乃木将軍は第三軍司令官、第二軍にいた鷗外はこの消息を聞いて非常な感動を覚え、この詩を作ったのであったろう。

＊　鷗外と乃木将軍との関係はかなり深いものがあり、すでにドイツ留学時代に鷗外は乃木少将に会っていて、「乃木は長身巨頭沈黙厳格の人なり」と『独逸日記』（明治二十年四月十八日）には

ある。しかし、この頃の交際は尋常一般のつきあいにすぎなかった。その後、ちょうどこの日露戦争開始の一月ほど前に、乃木大将が長子勝典少尉の求めたいというドイツの小説の可否を問うために第一師団軍医部に鷗外を訪ねたことがある。(この前後の乃木大将の手紙三通を後に鷗外は表装して家蔵し、またこれを鷗外が筆写して識語を添えたものが乃木講家元に所蔵されている。森潤三郎・前掲書参照。)このことあってより以後、乃木大将は外国語に関することは一切鷗外に相談するようになったのである。明治天皇の死に殉じて乃木大将夫妻が自刃したことが鷗外に大きな衝撃を与えたことは、後に触れるつもりでもあるが、周知の事柄であろう。なお鷗外の『戴冠詩人』(大正三年)には乃木大将にまつわる思い出が語られている。

第三の「石田治作」の話とは、「父上の元従卒石田治作は〇〇の戦に敵隊に突進し今しも弾をこめんとする少尉を銃剣にて刺殺し猶一人残れる大尉に向ひたり。大尉は拳銃を挙げて彼が胸に擬せり、石田は又銃剣をつきつけて其胸を貫かんとす。此一刹那何思ひけん彼大尉は拳銃を捨てて右手を出し握手を求め終に捕虜となれり。石田は砲四門を奪ひ偉功を奏し司令部より感状を受けしが後腸チブスにて病歿せり。」というのであるが、『うた日記』にも「石田治作」と題する一篇がある。これによると「〇〇の戦」は沙河会戦のことである。これも長篇であるから、最後の部分だけを引く。

我敵《わがてき》は　撃《う》つべき手中《しゅちゅう》の
拳銃《けんじゅう》を　など撃《う》たずして
棄《す》てけんと　治作《ちさく》語《かた》りぬ
聴《き》け治作《ちさく》　そのよし告《つ》げん
かねてより　死《し》を決《けっ》したる
汝《なんぢ》こそ　撃《う》たせて刺《さ》さめ
生《い》くる道《みち》　求《もと》むる敵《てき》の
刺《さ》されつつ　いかでか撃《う》たん
一《ひと》すぢの　髪《かみ》だに容《い》れぬ
勝敗《しょうはい》の　機《き》はここにあり
おしなべて　軍《ぐん》もしかなり
国《くに》もしかなり

以上、鷗外が凱旋後に語ったという三つの話はたんに一場の土産話というようなものであったのではなく、いずれもこれ以後の鷗外にとって重要な体験として生きつづけてゆくものであった。同じ黄色人たる清国相手の日清戦争での勝利は鷗外に、「支那印度の文明を相伝せる東洋は、一面に於ける我国と、他の一面に於ける支那朝鮮との間に、奇異なる懸隔を生じ、我国は却りて西洋諸国と共に能動の地位に立ち、支那朝鮮は、独り所動の地位に甘んぜざるべからざるに至りぬ。何を以てか然る。是れ我国の西洋の学術を輸入したるが為なり。」(『洋学の盛衰を論ず』)と断言せしめたものであった。ところが、今度の「白人ばら」の一員たるロシアを相手の日露戦争の勝利は鷗外に、「軍」にも「国」にも、そして恐らくは人にも通ずる「勝敗の機」を決するものとして日本人の「死を決したる」捨身の勇気を認識せしめたかの如くである。

「西洋人は死を恐れないのは野蛮人の性質だと云つてゐる。自分は西洋人の謂ふ野蛮人といふものかも知れないと思ふ。さう思ふと同時に、小さい時二親《ふたおや》が、侍の家に生れたのだから、切腹といふことが出来なくてはならないと度々諭したことを思ひ出す。その時も肉体の痛みがあるだらうと思つて、其痛みを忍ばなくてはなるまいと思つたことを思ひ出す。そしていよいよ所謂野蛮人かも知れないと思ふ。併しその西洋人の見解が尤もだと承服することは出来ない。」(『妄想』)

そして乃木大将に象徴されるような日本の武士道的な人間の生き方の意味が次第に大きなものとなって行くかに思われるのである。

しかし『うた日記』にはまた、次のような詩のあることも見逃してはならない。題は「新墓《にひはか》」――

そぞろありきの　かへるさに
しばしいこへる　山《やま》の上《へ》に
石《いし》にさす日《ひ》は　傾《かたぶ》きて
末枯《うらが》るる野《の》の　いろ淡《あは》し

ふもとも繁《しじ》の　林《はやし》なす
しるしの杭《くひ》の　まだ白《しろ》き
かたばかりなる　おくつきに
竝《な》みてぞ臥《ふ》せる　敵味方《てきみかた》

そを眺《なが》めやる　束《つか》のまは
なさけもあたも　消《き》えはてて
おなじ列《つら》なる　にひはかに
おなじ涙《なみだ》を　灑《そゝ》ぎけり
こすもぽりいと　悪《にく》むてふ
伶俐《さか》しき博士《はかせ》　な咎《とが》めそ
わがかりそめの　こと草《ぐさ》は
衢《ちまた》に説《と》かん　道《みち》ならず

明治二十年代の「保守主義者」鷗外が「狭隘なる偽国本主義」は断固としてこれを排撃していたことを、やはりここでも忘れてはならないのである。

第五章　現代小説と歴史小説

一

明治四十二年（一九〇九）から大正六年（一九一七）まで、鷗外数えて四十八歳から五十六歳までの時期は、木下杢太郎氏が名づけて「豊熟の時代」と呼ぶ時期である（『森鷗外』）。

明治三十九年（一九〇六）に凱旋した鷗外が、翌四十年（一九〇七）陸軍軍医総監に任ぜられ、陸軍省医務局長に補せられたことは先に記した如くであるが、鷗外は三十九年（一九〇六）十一月に『朝寝』、四十年（一九〇七）一月に『有楽門』という二篇の現代小説を発表している。これはいずれもほんの習作といった程度のものであって、とり上げるに足りない。むしろこの両年においては、鷗外が常磐会、観潮楼歌会の二つの歌会を起していることの方が注目されよう。前者は、鷗外と友人の賀古鶴所が発起人となり、佐佐木信綱、井上通泰等を加えて「明治の時代に相当なる歌調を研究する為に」（井上通泰）起されたもの、この会を通じて鷗外と公爵山県有朋との関係ができる。(明治四十一年(一九〇八)、和歌についての見解を述べた『門外所見』を鷗外は山県に呈し、翌四十二年(一九〇九)には山県より委嘱せられて『古稀庵記』を作っている。) 後者は、竹柏会の佐々木信綱、新詩社の与謝野寛、根岸派の伊藤左千夫を中心として観潮楼に歌会を開き、諸派の合流・革新を計らんとしたもの、この会を通じて新詩社系の若い作家たち、石川啄木、吉井勇、平野万里、太田正雄(木下杢太郎)等との直接的関係が生れる。歌会の成果如何よりも、この若い作家たちとの関係が生れたことの方が重要である。これは、明治四十二年(一九〇九)以降の鷗外の文壇における再活躍、いわゆる「豊熟の時代」の現出をもたらした動因の一つにも数えられている。

このいわゆる「豊熟の時代」を現出せしめるに至った諸動因については、やはり木下杢太郎氏の穏当な説明がある。それによると、まず一つの動因は、明治三十八年(一九〇五)に夏目漱石が文壇に登場し、矢継ばやに創作を発表して、天下の視聴をあつめたことにある。『ヰタ・セクスアリス』(明治四十二年)のはじめの方に、主人公である哲学者金井湛君は「芸術品には非常に高い要求をしてゐるから、そこいら中にある小説は此要求を充たすに足り」ず、自分で「小説か脚本かを書いて見たいと」は思いながら「例の芸術品に対する要求が高い為めに、容易に取り附けない」でいる、と「そのうちに夏目金之助君が小説を書き出した。金井君は非常な興味を以て読んだ。そして技癢を感じた。」というところがある。「技癢《ぎよう》」とは、自分に腕前がある故に、他人のなす業を見て、むずがゆく思うことの謂である。

第二の動因は、明治四十年（一九〇七）前後における自然主義文学の興隆にある。『ヰタ・セクスアリス』には漱石のことにつづいて、「そのうち自然主義といふことが始まった。金井君は此流義の作品を見たときは、格別技癢をば感じなかった。その癖面白がることは非常に面白がった。」とある。鷗外の活動はあくまで自然主義には批評的な立場に立つものであったが、それは鷗外が自然主義から刺戟を受けたことと矛盾するものではなく、むしろその刺戟が非常に大きかったことを物語っているわけである。

その三は、雑誌「昴（スバル）」の創刊である。これは先に触れた新詩社系の若い作家たちを中心に、明治四十一年（一九〇八）十一月終刊の「明星」の後を承けて、四十二年（一九〇九）の一月から刊行された雑誌であり、雑誌名「昴」は鷗外の選定によるものであった。鷗外はここに生れた「昴」などを主たる発表舞台として、新進の青年作家たちと競うが如く、創作活動をはじめたのである。

その第四は、雑誌「歌舞伎」である。この雑誌は明治三十三年（一九〇〇）に鷗外の弟篤次郎（三木竹二）が創刊したもので、四十一年（一九〇八）一月に篤次郎が死んでから後はとくにこの雑誌のために戯曲の翻訳や梗概をほとんど毎号載せている。「鷗外のこの期の初期に翻訳戯曲の多いのはその故であり、その大部分は所謂「口訳」で鷗外の口述するを鈴木春浦が筆記したものである。この割合に気楽な翻訳の為方が、また鷗外をして気楽に小説を作る動因となつたのであらう。」と、木下氏は言っている。

その第五の動因は、明治四十年（一九〇七）に鷗外が軍医総監、医務局長という軍医最高の地位にのぼり、「陸軍に於ける鷗外の位地が安定して、まはりに遠慮や気兼をすることなしに、自分も思ふままに振舞ふことが出来た」という事情に求められる。森家に伝わる「立身出世」の志もここに一応達成されたわけであるし、三十年代に小倉左遷の体験をもつ鷗外にとっては、この地位の安定という条件はきわめて大きな意味をもつものであったと考えられる。この条件を欠いては、いわゆる鷗外の「豊熟の時代」もありえなかったとさえ言うことができるかもしれない。

その軽重はともかく、ほぼ以上五つの要因が作用して鷗外の活動を再開せしめるに至ったと見て大過ないであろう。

「PHOENIX《フヨニツクス》は霊鳥なり。焚けて又火中より起つ。早く名を成しし士も、久しく一事を為さざるときは、技倆おのれの下に在るものに凌がるることを免かれず。再び火中より起つ用意ありて始て可なり。」

これは鷗外が『慧語』（明治三十六年三月—三十七年二月）の最後の方に書きつけた言葉である。まことに明治四十二年（一九〇九）以降の鷗外の驚異的な旺盛な創作活動の再開は、「焚けて又火中より起つ」たフェニックスの如き観を呈した。たとえば、四十二年（一九〇九）だけについて見ても、この年の一月「スバル」の創刊号に戯曲『プルムウラ』、三月には小説『半日』、海外文芸思潮の紹介『椋鳥通信』の連載もこの月にはじめられ、四月に小説『仮面』、六月に小説『魔睡』、七月に小説『ヰタ・セクスアリス』、八月に小説『鶏』、九月に小説『金貨』、十月に小説『金毘羅』、十一月に戯曲『静』、このほか「歌舞伎」にはやはり翻訳ものをほとんど毎月、「新天地」に翻訳（一月）、「心の花」には小説『大発見』（六月）と翻訳（一月）、「東亜之光」には小説『追儺』（五月）と随筆『当流比較言語学』（七月）、「美術の日本」創刊号には小説『懇親会』（五月）、「太陽」に翻訳『家常茶飯』とその解説『現代思想』(十月)、「新潮」に『予が立場(Resignation の説)』(十二月)、等々である。そして六月には翻訳戯曲集『一幕物』が、八月には鷗外立案の『東京方眼図』が出版されている。

ほぼこのような多産的な創作・翻訳活動が年々休むことなくつづけられて、大正六年(一九一七)に至るのである。たしかに「豊熟の時代」と呼ばれるにふさわしい時期であるとしてよかろう。しかし、次々と書かれる作品自体は、必ずしもこの「豊熟」という言葉から連想されるような晴れやかなものであったのではなく、そこには鷗外なりの苦渋にみちた模索の跡を読みとることができるのであり、ここにおいて問題とされなければならぬのはまさにその苦渋・模索の跡なのである。明治が大正と変るとともに創作は現代小説から歴史小説へと変化してゆくが依然として翻訳はつづけられ、大正四年(一九一五)翻訳集『諸国物語』の刊行以後にようやく翻訳はほとんど見られなくなる。(大正五年(一九一六)三月には母峰子が死に、その翌月鷗外は軍医総監・医務局長の職を退いて、予備役に編入されている。)ここではすべての作品について一々触れていることは到底できないし、触れる必要もないわけであるから、以下に各年次の主な作品の名だけを列挙しておく(翻訳は一切はぶき、評論・随筆の重要なものを入れる)。

明治四十三年（一九一〇）――一月『杯』『独身』、二月『里芋の芽と不動の目』、三月『青年』（翌年八月まで連載）、四月『生田川』、五月『桟橋』、六月『普請中』『ル・パルナス・アンビユラン』、七月『花子』、八月『あそび』『木精』、九月『フアスチエス』、十一月『沈黙の塔』『身上話』、十二月『食堂』

明治四十四年（一九一一）――一月『蛇』、二月『カズイスチカ』、三月『妄想』（翌月に至る）、四月『鼎軒先生』、五月『藤鞆絵』『ロビンソン・クルソオ』、七月『流行』、八月『心中』『なのりそ』（翌月に至る）、九月『雁』（大正二年五月完結）、十月『百物語』『灰燼』（翌年十二月に至る、未完）

明治四十五年・大正元年（一九一二）――一月『かのやうに』『不思議な鏡』、四月『鼠坂』、五月『吃逆』、六月『藤棚』、八月『羽鳥千尋』、九月『田楽豆腐』、十月『興津弥五右衛門の遺書』

大正二年（一九一三）――一月『阿部一族』『ながし』、四月『佐橋甚五郎』、七月『鎚一下』、十月『護持院原の敵討』、十一月『ギョオテ伝』『ファウスト考』

大正三年（一九一四）――一月『大塩平八郎』、二月『堺事件』、三月『曾我兄弟』『サフラン』、四月『安井夫人』、九月『栗山大膳』『オルフエウス』

大正四年（一九一五）――一月『山椒大夫』『歴史其儘と歴史離れ』、四月『天寵』『津下四郎左衛門』、六月『二人の友』、七月『魚玄機』、八月『余興』、九月『ぢいさんばあさん』、十月『最後の一句』

大正五年（一九一六）――一月『椙原品』『澀江抽斎』（五月に至る）『高瀬舟』『寒山拾得』、五月

『寿阿弥の手紙』（六月に至る）『空車』、六月『伊沢蘭軒』（翌年九月に至る）大正六年（一九一七）――一月『都甲太兵衛』、九月『鈴木藤吉郎』『細木香以』（十月に至る）『なかじきり』、十月『小嶋宝素』『北条霞亭』（十二月に至る）

二

小倉時代の鷗外がつとめて「修行」した安心立命の道、一つの生き方の理想としてのresignation、これはこの時期の鷗外にとってもやはり依然として理想であった。その理想は具体的には『カズイスチカ』（四十四年二月）の中の花房医学士の父の像として描かれる。

「翁は病人を見てゐる間は、全幅の精神を以て病人を見てゐる。そして其病人が軽からうが、重からうが鼻風だらうが必死の病だらうが、同じ態度でこれに対してゐる。盆栽を翫んでゐる時もその通りである。茶を啜つてゐる時もその通りである。」

「……初めは父が詰まらない、内容の無い生活をしてゐるやうに思つて、それは老人だからだ、老人の詰まらないのは当然だと思つた。そのうち、熊沢蕃山の書いたものを読んでゐると、志を得て天下国家を事とするのも道を行ふのであるが、平生顔を洗つたり髪を梳《くしけづ》つたりするのも道を行ふのであるといふ意味の事が書いてあつた。花房はそれを見て、父の平生を考へて見ると、自分が遠い向うに或る物を望んで目前の事を好い加減に済ませて行くのに反して、父は詰まらない日常の事にも全幅の精神を傾注してゐるといふことに気が附いた。宿場の医者たるに安んじてゐる父の résignation《レジニアシヨン》 の態度が、有道者の面目に近いといふことが、朧気ながら見えて来た。そして其時から遽《にはか》に父を尊敬する念を生じた。」

鷗外はこの「宿場の医者たるに安んじてゐる父」を尊敬する。しかし、この『カズイスチカ』につづいてその翌月と翌々月の「三田文学」に載せられた『妄想』の中の老翁はこう語っている。

「かう云ふ閲歴をして来ても、未来の幻影を逐うて、現在の事実を蔑《ないがしろ》にする自分の心は、まだ元の儘である。人の生涯はもう下り坂になつて行くのに、逐うてゐるのはなんの影やら。

「奈何《いか》にして人は己を知ることを得べきか。省察を以てしては決して能《あた》はざらん。されど行為を以てしては或は能《よ》くせむ。汝の義務を果さんと試みよ。やがて汝の価値を知らむ。汝の義務とは何ぞ。日の要求なり。」これは Goethe《ギヨオテ》 の詞である。

日の要求を義務として、それを果して行く。これは丁度現在の事実を蔑にする反対である。自分はどうしてさう云ふ境地に身を置くことが出来ないだらう。

日の要求に応じて能事《のうじ》畢《をは》るとするには足ることを知らなくてはならない。足ることを知るといふことが、自分には出来ない。自分は永遠なる不平家である。」

ここに「永遠なる不平家」として自己の心情を吐露している老翁は、恐らく当時の鷗外自身と置き換えて考えられてよいであろう。軍医総監・医務局長の椅子にある鷗外である。老花房にあやかって、鷗外は自分の心境を「resignation だと云つて宜しい」(『Resignation の説』四十二年十二月)と説明したりするけれども、この resignation と老花房の resignation とは別のものである。鷗外の中には「永遠の不平家」たる『妄想』の一老翁がいるのである。老花房のそれを Resignation an sich とすれば、鷗外のそれは Resignation für sich と言ってもよいかもしれない。だからそれは擬態ともとられる。「愚癡とか厭味とか」言われもする。第一、鷗外は老花房的諦念をたしかに一つの理想として描きはするが、その理想に至りえない自分にも充分な理由のあることを認めようとしているかの如くである。「永遠の不平家」たる『妄想』の老翁を励ますかの如くに、『なのりそ』（四十四年八・九月）の若き新女性耿子《てるこ》の口からは、「わたくしの不平と申しますのは、そんな地位が出来れば無くなつてしまふやうな不平ではございませんの。」「まあ、なんと申したら好いでせう。立派な地位にゐても、順境に立つても、持つてゐる人は永遠に持つてゐる不平ですね。神聖なる不平とでも申しませうか。……人間は此不平が動機になつて斃れるまで働くのでございますね。」という「神聖なる不平」論が持ち出され、人間の真の活動の動因となるべき不平の意義が強調されるのである。

鷗外にはこの「立派な地位にゐても、順境に立つても」無くすことのできない不平があった。それは何であったか。もう一度『妄想』の文章を借りよう。

「主人の翁はこの小家に来てからも幻影を追ふやうな昔の心持を無くしてしまふことは出来ない。そして既往を回顧してこんな事を思ふ。日の要求に安んぜない権利を持つてゐるものは、恐らくは只天才ばかりであらう。自然科学で大発明をするとか、哲学や芸術で大きい思想、大きい作品を生み出すとか云ふ境地に立つたら、自分も現在に満足したのではあるまいか。自分にはそれが出来なかった。それでかう云ふ心持が附き纒ってゐるのだらうと思ふのである。」

端的に言えば、鷗外は陸軍軍医総監・陸軍省医務局長となったその鷗外に不満があったのである。もちろん、この軍医最高の地位にのぼることは、鷗外に祖父から母を通じて伝えられたというあの強い「立身出世」の志を満足せしめることであったことが忘れられてはならない。この栄誉を逸することは到底鷗外に耐えられることではなかったであろう。（ひょっとするともっと高い地位への野心も鷗外にはあったのかもしれない。）しかし、その反面こういう「立身出世」の志を充たすべく努めてきたゆえに「出来なかつた」ことも数多くあったのである。かつて青年鷗外の胸中を去来した夢の数々――あるいは操觚者たらんとし、あるいは外交官たらんとし、あるいは科学研究者たらんとした数々の夢は、まさにそのために空しく放棄されねばならなかったのである。とうとうここまで「役から役を勤め続けて」きた鷗外に、もうとり返えしのつかぬ若き日々の夢が復讐する。この軍医総監・医務局長の心中にあった「不平」は、まさしく「そんな地位が出来ればなくなつてしまふやうな不平」ではなかったし、むしろ「そんな地位が出来」るためにこそ鬱積されてきた「不平」なのであった。そして更に言えば「そんな地位が出来」たところではじめて顕在化することを許された「不平」でもあった。かくして鷗外は「此不平が動機になつて斃れるまで働く」のである。これがこの明治四十二年（一九〇九）以降の「鷗外の文芸上の豊熟の時代」を生み出した真の内的動因であったと見ることもできるであろう。

しかし、所詮とりかえしのつかぬ過去の夢の復讐であるとすれば、また所詮現実には鷗外の満たすことのできない「永遠の不平」であるとすれば、やはり鷗外は諦めざるをえない。諦めながらも「斃れるまで働く」のである。鷗外の resignation が老花房の resignation のように自足的なものではありえず、悲哀感を帯びる所以はそこにあると言ってよいであろう。「あそび」（『あそび』四十三年八月）と言い、「傍観者」（『百物語』四十四年十月）と言うのと同じところから出てくる言葉である。『青年』（四十三年三月―四十四年八月）には、「一体青い鳥の幸福といふ奴は、煎じ詰めて見れば、内に安心立命を得て、外に十分の勢力を施すといふより外有るまいね。」という言葉が医学生大村の口から吐かれている。これは鷗外における『カズイスチカ』の老花房と『妄想』の老翁との対立を融和せしめる弥《び》縫《ほう》策であると考えられる。「内に安心立命を得て」は「外に十分の勢力を施す」必要もなくなるのではないか、「外に十分の勢力を施す」ことは「内に安心立命を得て」いてはできないのではないか、という反問を当然招くであろうが、これは諦らめながらも「斃れるまで働く」というあの鷗外自身の処世態度の表明にほかならないということができる。

* ここには留学時代から二十年代にかけての鷗外が極端な欧化・改良主義に反対して唱えた「合理的・現実的改良」策に一脈相通ずるものがあると思われる。「合理的」を押せば「現実的」は引込まねばならぬ場合があるし、「現実的」を押せば「合理的」は通らぬことがあるであろうにも拘らず、いやそれなるが故に鷗外は「合理的・現実的」と並べなければ済まないのである。きわめて鷗外的な「物の両端を敲かずには置かない節蔵の思量」(『灰燼』明治四十四年―大正元年)である。そしてその兼ね合いは実際的(政治的)処理にゆだねられる。前に引いた小倉時代の小金井喜美子への手紙の一節――「家内の事は少なりと雖、亦久慣の勢力重大なるため、改革の困難は国家と殊ならずと存候。……兎角は年長の人々を不快がらせずに、出来る丈の事をなすといふに止め度者と存じ候。」――もここに思い合わされてよいであろう。

ところで、『青年』から引いた先の言葉は、『青年』においてはたんに処世観としてではなく、個人主義思想の問題との連関において語られているものであり、そこから議論は個人と国家との問題にまで展開されている。医学生大村は個人主義に利己主義と利他主義との区別を設定して、こう述べている。

「利己主義の側はニイチエの悪い一面が代表してゐる。例の権威を求める意志だ。人を倒して自分が大きくなるといふ思想だ。人と人とがお互にそいつを遣り合へば、無政府主義になる。そんなのを個人主義だとすれば、個人主義の悪いのは論を須《ま》たない。利他的個人主義はさうではない。我といふ城廓を堅く守つて、一歩も仮借しないでゐて、人生のあらゆる事物を領略する。君には忠義を尽す。併し国民としての我は、昔何もかもごちやごちやにしてゐた時代の所謂臣妾《しんせふ》ではない。親には孝行を尽す。併し人の子としての我は、昔子を売ることも殺すことも出来た時代の奴隷ではない。忠義も孝行も、我の領略し得た人生の価値に過ぎない。日常の生活一切も、我の領略して行く人生の価値である。そんならその我といふものを棄てることが出来るか。犠牲にすることが出来るか。それも慥《たしか》に出来る。恋愛生活の最大の肯定が情死になるやうに、忠義生活の最大の肯定が戦死にもなる。生が万有を領略してしまへば、個人は死ぬる。個人主義が万有主義になる。遁世主義で生を否定して死ぬるのとは違ふ。どうだらう、君、かう云ふ議論は。」

「日常生活といふものが、平凡な前面だけ目に映じて為様がない」という主人公小泉純一に対して、あの「青い鳥の幸福」の問題からはじめて「無遠慮に大風呂敷を広げ」た大村荘之助の議論がこれである。この議論を熱心に聞いてゐた純一は「なる程そんなものでせうかね。」と言っている。しかし、自然主義作家大石路花（正宗白鳥らしい）に会って破壊的・消極的新人を見、平田拊石（夏目漱石らしい）のイプセン論を聞いて建設的・積極的新人を思う純一に浴びせられたこの大村の議論は、案外正直に当時の鷗外の立場を提示したものと考えてよいようである。「個人主義は西洋の思想で、個人主義では自己を犠牲にすることは出来ない。東洋では個人主義が家族主義になり、家族主義が国家主義になつてゐる。そこで始て君父の為めに身を棄てるといふことも出来る」というような「なんとか云ふ博士の説」は愚論としてこれを一笑に附し、「今になつて個人主義を退治ようとするのは、目を醒まして起きようとする子供を、無理に布団の中に押し込んで押さへてゐようとするもの」で、到底できる話ではない、と考える鷗外は、自然主義や漱石の個人主義的立場を認めながらも、尚かつそれに脅かされんとする国家の保全、忠孝の維持に腐心せずにはおれなかったのである。

明治四十三年（一九一〇）五月から六月にかけては大逆事件によって全国の「無政府主義者」（社会主義者）の多数が検挙される。鷗外にとって「無政府主義」が「悪いのは論を須たない」けれども、この事件に伴って自由であるべき思想・芸術にも次第に禁圧が加えられるようになったのを坐視できず、鷗外は十一月に『沈黙の塔』、十二月に『食堂』を書く。これは、今更個人主義を退治することなどできるものではないとする鷗外が、固陋な国家主義者・「反動者」に反対してあくまで学問・芸術の自由は守られねばならぬことを説いたものであった。

「芸術の認める価値は、因襲を破る処にある。……
学問も因襲を破つて進んで行く。……
芸術も学問も、パアシイ族の因襲の目からは危険に見える筈である。なぜといふに、どこの国、いつの世でも、新しい道を歩いて行く人の背後には、必ず反動者の群がゐて隙を窺つてゐる。そして或る機会に起つて迫害を加へる。只口実丈が国により時代によつて変る。危険なる洋書も其口実に過ぎないのであつた。＊＊＊＊
マラバア・ヒルの沈黙の塔の上で、鴉のうたげが酣《たけなわ》である。」（『沈黙の塔』）

サン・シモン、バクーニン、クロポトキン、マルクスはもとより、トルストイ、ドストエフスキー、ゴーリキー、アルツィバーシェフからモーパッサン、マーテルリンク、ダヌンチオ、イプセン、ストリンドベルク、ワイルド、ショー、ハウプトマン、ヴェデキントに至るまでが「危険なる洋書」とされ、「ロビンソン・クルーソー」さえ「危険思想」を盛ったものとみなされた（『ロビンソン・クルソオ』四十四年五月・参照）時勢への諷刺であり、批判である。軍医総監たる鷗外としてはこれが精一杯の批判であったであろう。

しかし鷗外にとっては、天皇を暗殺し、国体の破壊、社会秩序の混乱を齎らすような「無政府主義」（社会主義）はまさしく危険思想であった。これに対しては「お国柄だから、当局が巧に柁を取つて行けば、殖えずに済むだらう」（『食堂』）と考える。鷗外は『かのやうに』にはじまる一連のいわゆる秀麿ものに筆を染めることになる。それは明治四十五年一月以降のことである。幸徳秋水をはじめとする大逆事件関係者が処刑されたのは四十四年（一九一一）の一月であった。

* 大逆事件に弁護人として活躍した平出修は雑誌「昴」の同人でもあったから、弁護に先立ち与謝野寛と同道、鷗外に無政府主義・社会主義についての知識の教示を仰いだのであったという（森潤三郎・前掲書）。この事件における被告の一人大石誠之助が「明星」に関係した詩人であったために、平出が弁護人に立ったものかと思われるが、このように大石、平出二人の直接関係者を出した「明星」・「スバル」系の文学者たちによって事件への反応を示すいくつかの作品――大

逆事件に対する当時の文学者の反応は予想外に少いからこれがほとんど大部分といってよい――が書かれている。与謝野寛の詩「誠之助の死」、佐藤春夫の詩「愚者の死」（四十四年三月「スバル」）、木下杢太郎の戯曲「和泉屋染物店」（同上）、平出修の小説「畜生道」（大正元年九月「スバル」）、「計画」（同年十月）、「逆徒」（大正二年九月「太陽」）、それに石川啄木の評論「時代閉塞の現状」（四十三年十一月「田園」）、歌集『悲しき玩具』（四十五年六月刊）中の歌及び「はてしなき議論の後」その他の詩数篇。

このほかに幸徳以下の死刑をやめることを各方面に訴え、一高で「謀叛論」（四十四年二月一日）の講演を行なって問題を起した徳富蘆花があり、後に「花火」（大正八年十二月「改造」）を書いてこの時の衝撃を述べた永井荷風がある。また白鳥、花袋、実篤、雨雀等にも大逆事件に関係のある作品がそれぞれあるようであるが、なんといってもこれらのうちで重要なのは鷗外、啄木、荷風、蘆花の四者の場合であろう。しかし、この四者の中でもこの事件を契機として天皇制の問題、国家権力の問題にまで思想的に立ち入って考えたのは鷗外と啄木とだけであったように思われる。ただその方向は、あくまで開明的な国家官僚の立場にとどまる鷗外と社会主義への強い傾斜を示している知識人啄木とは正反対の方向に向っていたわけである。

三

いわゆる秀麿ものとは、『かのやうに』（四十五年一月「中央公論」）『吃逆《しやつくり》』（同年五月「同上」）

『藤棚』(同年六月「太陽」)『鎚《つゐ》一下』(大正二年七月「中央公論」)の四篇で、いずれも主人公は五条秀麿であるところからこの名があるが、主題もほぼ一貫しており、後に創作集『かのやうに』(大正三年四月)としてまとめられている。

これについては鷗外自身の解説がある。それは大正七年(一九一八)十二月十八日附の山田珠樹宛の手紙である。鷗外はそこにまず『かのやうに』については、「カノヤウニハ中ニモデエルヲ使ヒアルハ画工一人ニテコレハ旧友岩村透ニ候……イデエハワイヒンゲルナル〻御話申候通ニ候然ラバ全篇捏ネ合セモノナルカト云フニ一層深ク云ヘバ小生ノ一長者ニ対スル心理状態ガ根調トナリ居リソコニ多少ノ性命ハ有之候者ト信ジテ書キタル次第ニ候」と書き、つづいて「吃逆以下ハ前ニワイヒンゲルヲ取リシ如ク当時読ミ居リシオイケンヲ使ヒ候但シ鎚一下ダケハ書キシ月日ニモ距離アリ例外ニ候」と書いている。『かのやうに』がファイヒンガー(Hans Vaihinger, 1852—1933)の》Die Philosophie des Als Ob《 1911. により、『吃逆』以下がオイケン(Rudolf Eucken, 1846—1926)によったものであることは、本文にその名が出てくることからも知られるが、『かのやうに』が「小生ノ一長者ニ対スル心理状態ガ根調ト」なっているという言葉は特に注意されてよい。この「一長者」とは鷗外が常磐会によって接近した山県有朋であると考えられる。山県はとくに四十二年の赤旗事件以来思想問題には大きな関心を払っていて、大逆事件にも黒幕として動いたといわれる元老であった。

『かのやうに』にはじめて登場する五条秀麿は学習院から文科大学に進み、歴史科を立派に卒業した文学士である。卒業すると直ちに当主の五条子爵によって洋行させてもらう。子爵が、「息子を大学に入れたり、洋行させたりしたのは、何も専門の職業がさせたいからの事ではない。追つて家督相続をさせた後に、恐多いが皇室の藩屛になつて、身分相応な働きをして行くのに、基礎になる見識」を得させようがためである。秀麿自身は国史を畢生の事業として研究しようと考えている。洋行した先のドイツではとくに新教神学の代表的学者アドルフ・ハルナック（Adolf Harnack, 1851—1930）の事業に注目をひかれる。「キルヘルム第二世とハルナックとの君臣の間柄は、人主が学者を信用し、学者が献身的態度を以て学術界に貢献しながら、同時に君国の用をなすと云ふ方面から見ると模範的だ」というのである。学問した者には信仰がなくなる、信仰がなくなると宗教の必要をも認めなくなる、宗教の必要を認めないのは危険思想家である、教義や寺院の歴史をしっかり調べ上げたドイツ新教神学は学問のある者に信仰はしないまでも宗教の必要だけは認めさせる役割を果す、かくしてドイツ新教神学は穏健な思想家をつくり出すことによって国家に貢献しているという点を重視するのである。

帰朝後の秀麿は、かねて自分の畢生の事業にしようと考えていた日本の歴史を書く仕事になかなか手がつけられず、快々として楽しまない。それは歴史を書くためには、まず神話と歴史との限界をはっきりさせておかなければ手がつけられないのに、周囲の事情がそのような仕事を許さないからである。

日本においては神話は国家発生の問題と密接に関係づけられている。神話を批判して、神話と歴史との限界を立てることは日本の国体の問題に手を触れることになる。皇室の藩屏たるべき子爵の家に生れて秀麿にはその問題にあえて触れる勇気が出ない。「まさかお父う様だつて、草昧の世に一国民の造つた神話を、その儘歴史だと信じてはゐられまいが、うかと神話が歴史でないと云ふことを言明しては、人生の重大な物の一角が崩れ始めて、船底の穴から水の這入るやうに物質的思想が這入つて来て、船を沈没させずには置かないと思つてゐられるのではあるまいか。」と考えると、「神話が歴史でないと云ふことを言明することは、良心の命ずる所」と信ずる秀麿も、あえて言い出せないのである。この時秀麿は「不思議に僕の立場其儘を説明してくれるやう」なファイヒンガーの「かのやうにの哲学」を手にする。これを援用して友人の画家綾小路に自分の立場をこう説明する。——

ファイヒンガーによれば、人間のあらゆる知識、あらゆる学問の根本には「事実として証拠立てられない或る物」「即ちかのやうにが土台に横はつてゐる」。数学の場合の点と線だって現実に存在するものではない、倫理の場合の自由・霊魂不滅・義務も存在するものではない、しかしそれらがあるかのように考えなくては数学も倫理も成り立たない。自然科学にも法律にも哲学にも宗教にも、みな根柢には「かのやうに」がある。

「人生のあらゆる価値のあるものは、かのやうにを中心にしてゐる。昔の人が人格のある単数の神や、複数の神の存在を信じて、その前に頭を屈《かゞ》めたやうに、僕はかのやうにの前に敬虔に頭を屈める。その尊敬の情は熱烈ではないが、澄み切つた、純潔な感情なのだ。道徳だってさうだ。義務が事実として証拠立てられるものでないと云ふこと丈分かつて、怪物扱ひ、幽霊扱ひにするイブセンの芝居なんぞを見る度に、僕は憤懣に堪へない。破壊は免るべからざる破壊かも知れない。併しその跡には果してなんにもないのか。手に取られない、微かなやうな外観のものではあるが、底にはかのやうにが儼乎として存立してゐる。人間は飽くまでも義務があるかのやうに行はなくてはならない。僕はさう行《おこな》つて行く積りだ。……僕は人間の前途に光明を見て進んで行く。祖先の霊があるかのやうに背後《うしろ》を顧みて、祖先崇拝をして、義務があるかのやうに、徳義の道を踏んで前途に光明を見て進んで行く。さうして見れば、僕は事実上極《ごく》蒙昧な、極従順な、山の中の百姓と、なんの択ぶ所もない。只頭がぼんやりしてゐない丈だ。極頑固な、極篤実な、敬神家や道学先生と、なんの択ぶ所もない。只頭がごつ〳〵してゐない丈だ。ねえ、君、この位安全な、危険でない思想はないぢやないか。神が事実でない。義務が事実でない。これはどうしても今日になつて認めずにはゐられないが、それを認めたのを手柄にして、神を瀆す。義務を蹂躙《じうりん》する。そこに危険は始て生じる。行為は勿論、思想まで、さう云ふ危険な事は十分撲滅しようとするが好い。併しそんな奴の出て来たのを見て、天国を信ずる昔に戻さう、地球が動かずにゐて、太陽が巡回してゐると思ふ昔に戻さうとしたつて、それは不可能だ。さうするには大学も何も潰してしまつて、世間をくら闇にしなくてはならない。黔首《けんしゅ》を愚《ぐ》にしなくてはならない。それは不可能だ。どうしても、かのやうにを尊敬する、僕の立場より外に、立場はない。」

説明の仕方は違うが、先に見た『青年』における医学生大村の言葉とここにやや詳細に跡づけてきた秀麿の考えとがきわめて相似ていることが理解されるであろう。これが鷗外の立場である。鷗外は「この位安全な、危険でない思想はない」と言うけれども、しかし果してそうかどうか。「神が事実でない。義務が事実でない。」ことは認めざるをえないとしながら、この認識から行為への移行を「かのやうに」でうまく食いとめることができるのだろうか。この認識それ自体は危険思想家のそれと変ることなく、行為そのものは「山の中の百姓」、「敬神家や道学先生」のそれと変りないというようなことが、そうやすやすとできるものであろうか。そして鷗外自身それを信じえたのであろうか。これまた鷗外一流の弥縫策、しかも危険思想とすれすれの弥縫策ではなかったか。

ただこのように危険思想とすれすれであってもあくまで保守主義的な方向を堅持している鷗外の態度の根柢に、次のような社会秩序観・人間観のあったことは注目されねばならない。

「自由だの解放だのと云ふものは、皆現代人が在来の秩序を破らうとする意嚮《いかう》の名である。そしてそれを新しい道徳だと云つてゐる。併し秩序は道徳を外に表現してゐるもので道徳自身ではない。秩序と云ふ外形の縛《いましめ》には、随分古くなつて、固くなつて、改まらなくてはならなくなる所も出来る。道徳自身から見れば、外形の秩序はなんでもない。さうは云ふものゝ、秩序其物の価値も少くはない。秩序があつてこそ、社会は種々の不利な破壊力に抗抵して行くことが出来る。秩序を無用の抑圧だとして、無制限の自由で人生の諧調が成り立つと思つてゐる人達は、人間の欲望の力を侮つてゐるのではあるまいか。余り楽天観に過ぎてゐるのではあるまいか。若し秩序を破り、重みをなくしてしまつたら、存外人生の諧調の反対が現れて来はすまいか。人は天使でも獣でもない。Le《ル》 malheur《マリヨオル》 veut《ヴヨオ》 que《ク》 qui《キイ》 veut《ヴヨオ》 faire《フエエル》 l'ange《ランジエ》 fait《フエエ》 la《ラ》 bête《ベエト》. である。さう云ふ人達は秩序を破つて、新しい道徳を得ようとしてゐるが、義務と克己となしに、道徳が成り立つだらうか。よしや欲望と欲望との均斉を纔《わづ》かに保つことを得るとしても、それで人生の能事が畢るだらうか。人生にそれ以上の要求はないだらうか。只官能の受用を得る丈が人生の極致であらうか。」

これは『藤棚』の下で秀麿が考えたことであるが、ここで提出されている秩序と人間の問題こそ、そのまま次のいわゆる鷗外の歴史小説の主題となって行くものである。「無制限の自由で人生の諧調が成り立つ」かどうか。「秩序を破り、重みをなくしてしまつたら、存外人生の諧調の反対が現れて来はすまいか」。これには何とも答えがたい。それでは過去に固く重い秩序の束縛の中で生きていた人間の場合はどうであったか。そこに「人生の諧調が成り立つ」ていなかったかどうか。鷗外が現代小説から一転して歴史小説において探求した問題はこれであったと言ってよいように思う。

四

鷗外最初の歴史小説『興津弥五右衛門の遺書』（大正元年十月）が乃木大将の殉死によって触発されたものというのは既に定説となっている。大正元年（一九一二）九月十三月明治天皇大葬の日に、乃木大将夫妻は午後八時の霊轜《れいじ》宮城出門の号砲を聞くとともに殉死したのであった。この日の鷗外の日記にはこう記されている。

十三日（金）。晴。轜車に扈随して宮城より青山に至る。午後八時宮城を発し、十一時青山に至る。翌日午前二時青山を出でて帰る。途上乃木希典夫妻の死を説くものあり。予半信半疑す。

そして五日後の日記にはこの小説の書き了ったことが出てくる。

十八日（水）。半晴。……午後乃木大将希典の葬を送りて青山斎場に至る。興津弥五右衛門を艸して中央公論に寄す。

斎藤茂吉氏（「鷗外の歴史小説」昭和十一年「文学」四ノ六）によれば、この十三日から十八日に至るまでの間に、哲学者や教育学者や倫理学者らの乃木夫妻自刃に対する批判が新聞に載り、それらの有力学者の言説のうちには、これを旧時代的な行為と見て非難する傾向が強かったが、鷗外はこれらの批判を読んだ上で、自分の見解を示すに議論の形式によらないで、過去の事実を外貌としてその中に織り込ませるという歴史小説的手段をとって作られたものがこの小説であるという。

自分と関係浅からぬ乃木大将夫妻の殉死が鷗外に異常な衝撃を与えたであろうことは想像しうることであるし、事実「中央公論」所載の初稿と定本との差異を見てみれば、初稿執筆の時にいかに生々しくその衝撃が働いていたかをはっきりと知ることができるであろう。

＊初稿の書き出しはこうである。
「某儀今年今月今日切腹して相果候事奈何にも唐突の至にて、弥五右衛門奴老耄したるか、乱心したるかと申候者も可有之候へ共、決して左様の事には無之候。……」

これに対して定本では次のように改められている。

「某儀明日年来の宿望相達候《そろ》て、妙解《めうげ》院殿《ゐんでん》御墓前に於いて首尾好く切腹いたし候事と相成候。然れば子孫の為め事の顛末書き残し置き度、京都なる弟又次郎宅にて筆を取り候。」

筑摩書房版『意地』（昭和二十三年）にはこれと『阿部一族』の初稿・定本の双方が出してあるから比較するに便利である。なお新版鷗外全集にも『遺書』の初稿は収録された。


この小説は細川三斎公十三回忌に殉死した弥五右衛門の遺書の形で書かれている。その殉死の由来は、弥五右衛門三十一歳の折、三斎公の命により横田という相役と長崎に香木《こうぼく》を買いに行った所、仙台伊達家からもこれを買いに来て、香木の本末《もとすえ》のことで代価がせり上げられ、相役横田はたかが香木に大金を費すのは愚かだから末木《うらぎ》でよいとしたことから意見の衝突を来す。興津は横田の「奈何にも賢人らしき申条」を斥けて、あくまで「主命」が大切とし、口論の末、横田を一打に殺してしまう。香の本木を買って帰り、三斎公に復命したが、三斎公は切腹には及ばないと興津に云う。切腹を覚悟していた興津はひそかに時節を待つが、かえって「出格の御引立を蒙」る。三斎公薨去の折にも、江戸詰留守居の用向もあって他人まかせにできず、空しく年月を経てしまったが、いよいよ本望をとげられる時が来た。三斎公十三回忌を期して弥五右衛門は切腹の心を決める。「殉死は国家の御制禁なる事、篤と承知候へ共壮年の頃相役を討ちし某が死遅れ候迄なれば、御咎も無之歟と存候。」（初稿）

あくまで主命を大切として些かも迷うことなく殉死にまで至る興津弥五右衛門という一人の武士の一つの絶対的な秩序への帰依、自己滅却の姿を描いたこの小説は、殉死への讃美であり、弥五右衛門的生き方の是認であるかのように見える。たかが香木に大金を費すは愚かなことという「賢人らしき」「批判がましき」横田の言い分は、興津の「茶儀は無用の虚礼なりと申さば、国家の大礼、先祖の祭祀も総て虚礼なるべし」によって、また三斎公の「総て功利の念を以て物を視候はば、世の中に尊き物は無くなるべし」によって斬り捨てられている。

ところが、『興津弥五右衛門の遺書』の後をうけて発表された『阿部一族』（大正二年一月）では、同じく殉死を扱いながら、徳川武士と殉死行為との連関が人間的・心理的に批判されている。そして秩序・拘束の中に束縛しきれない人間性が描き出されてくるのである。主人からやっと殉死の許しをえた内藤長十郎の心裡を探って鷗外は、「併し細かに此男の心中に立ち入つて見ると、自分の発意で殉死しなくてはならぬと云ふ心持の旁《かたはら》、人が自分を殉死する筈のものだと思つてゐるに違ひないから、自分は殉死を余儀なくせられてゐると、人にすがつて死の方向へ進んで行くやうな心持が、殆んど同じ強さに存在してゐた。反面から云ふと、若し自分が殉死せずにゐたら、恐ろしい屈辱を受けるに違ひないと心配してゐたのである。かう云ふ弱味のある長十郎ではあるが、死を怖れる念は微塵も無い。」と、それを分析している。そして一方、主人に嫌われて何度願っても殉死することを許されなかった阿部弥一右衛門はこう考える。「自分の身分で此場合に殉死せずに生き残つて家中のものに顔を合わせてゐると云ふことは、百人が百人所詮出来ぬ事と思ふだらう。犬死と知つて切腹するか、浪人して熊本を去るかの外、為方があるまい。だが己は己だ。好いわ。武士は妾とは違ふ。主の気に入らぬからと云つて、立場が無くなる筈は無い。」しかし、家来十八人の殉死後数日すると、弥一右衛門は命を惜しむ男との噂が立つ。その屈辱に甘んじておれない武士の意地から、弥一右衛門は「さあ、瓢簞で腹を切るのを好う見て置け。」と子供等の前で割腹して果てる。立派に切腹したにも拘らず、「一旦受けた侮辱は容易に消え難く、誰も弥一右衛門を褒めるものが無い」。これが阿部一族の反逆・

没落の悲劇の序幕となるわけである。

同じく殉死を扱っても、この『阿部一族』と『興津弥五右衛門の遺書』との間には非常な相違があることは明瞭であろう。強いて乃木大将の殉死にこだわって言うならば、『遺書』がその讃美であるに対して、この『阿部一族』はその批判であると言ってもよいであろう。しかしそれはともかくとして、この二篇及び『佐橋甚五郎』(大正二年四月)を合わせて単行本としたときに(同年六月)、鷗外がこれに『意地』という表題を与えたことからも知られる通り、鷗外の歴史小説は「日本の侍気質を再現」(木下・前掲書)せんとしたものである。徳川封建制社会という固く重く厳しい秩序と拘束の中での人間が(と言っても鷗外が描くのはすべてこの社会の治者階級・知識階級たる武士に限られている点にも問題がある)、どのように考え、どのように生きたかを主題にしている。それはまさに、「秩序を無用の抑圧だとして、無制限の自由で人生の諧調が成り立つと思つてゐる」近代人的な生き方にそれを対置せしめようがためであった。そして固く重く厳しい秩序と拘束の中にあっても、あるいはそういう秩序と拘束があってこそ、「人生の諧調が成り立つ」のだということを鷗外は示そうとしたのだと考えられる。

『護持院原の敵討』(大正二年十月)においてこのことは一番はっきりと見てとることが

できる。これは、姫路の城主酒井雅楽頭《うたのかみ》の上邸《かみやしき》にある金《かね》部屋で天保四年（一八三三）十二月二十六日大金《おおかね》奉行山本三右衛門が殺されたのを、その子宇平、娘りよ、叔父山本九郎右衛門、仲間《ちゆうげん》文吉の四人で敵討をはかる顚末を綴った物語である。女は連れてゆかれぬと、りよは江戸に残して宇平、九郎右衛門、文吉の三人が何処にいるか分らぬ住所不定の敵を探しに江戸を発つ。日本国中にその一人の敵を探し求めるのはほとんど「米倉の中の米粒一つを捜すやうなものである」。その艱難辛苦は並大抵のものではない。足かけ三年目の天保六年（一八三五）七月十三日に、ようやく彼らは江戸神田門外の護持院原で本懐をとげる。

しかし敵討を果したのは、りよ、九郎右衛門、文吉の三人であって、肝心の宇平はそこに居なかった。宇平はこのほとんど徒労とも思われるような敵探しの旅の途中で敵討を断念して行方をくらましてしまったからである。「宇平は常《つね》はおとなしい性《たち》である。……併し此若者は柔い草葉の風に靡《なび》くやうに、何事にも強く感動する。そんな時には常蒼《つねあを》い顔に紅《くれなゐ》が潮《てう》して来て、別人のやうに能弁になる。それが過ぎると反動が来て、沈鬱になつて頭を低《た》れ手を拱《こまぬ》いて黙つてゐる」。天保六年（一八三五）二月に再び大阪にたどりついたときには、路銀も尽きて九郎右衛門は按摩《あんま》となり、文吉は淡島《あわしま》の神主となって木賃宿に寝とまりしていた。三人とも流行の咳逆《がいぎやく》に冒されたが、それが癒るとこの宇平の神経質な性質が昂じて、始終興奮して怒りっぽく拗《す》ね勝ちになる。宇平が行方をくらますのはこの四月のことである。

「をぢさん。あなたはいつ敵《かたき》に逢へると思つてゐますか。」
「それはお前にも分かるまいが己にも分からんのう。」
「さうでせう。蜘蛛は網《い》を張つて虫の掛かるのを待つてゐます。あれはどの虫でも好《い》いのだから平気で待つてゐるのです。若し一匹の極まつた虫を取らうとするのだと、蜘蛛の網は役に立ちますまい。わたしはかうして僥倖を当にしていつまでも待つのが厭になりました。」

…………

「をぢさん。わたし共は随分歩くには歩きました。併し歩いたつてこれは見附からないのが当前《あたりまへ》かも知れません。ぢつと網を張つてゐたつて、来て掛かりつこはありませんが、歩いてゐたつて、打《ぶ》つ附《つ》からないかも知れません。それを先へ先へと考へて見ますと、どうも妙です。わたしは変な心持《こゝろもち》がしてなりません。」……「をぢさん。あなたはどうしてそんな平気な様子をしてゐられるのです。」

これが宇平の気持であった。近代人的センシビリティの持主である宇平の抱いた近代人的懐疑である。米倉の中の一粒の米を探し出す仕事はまことに馬鹿げた仕事であるといわねばならない。ところがこの宇平の話を「非常な注意の集中を以て聞いてゐた」叔父九郎右衛門はこう言うのである。

「さうか。さう思ふのか。よく聴けよ。それは武運が拙《つたな》くて、神にも仏にも見放されたら、お前の云ふ通《とほり》だらう。人間はさうしたものではない。腰が起てば歩いて捜す。病気になれば寝てゐて待つ。神仏《しんぶつ》の加護があれば敵にはいつか逢はれる。歩いて行き合ふかも知れぬが、寝てゐる所へ来るかも知れぬ。」

もちろんこの言葉は宇平を説得する力はもたない。「神仏」という言葉を聞いて「宇平の口角《こうかく》には微かな、嘲るやうな微笑が閃」く。本当に神や仏が助けてくれると思うのか、と宇平は叔父に逆襲する。「うん。それは分からん。分らんのが神仏《かみほとけ》だ。」と九郎右衛門は言わざるをえぬ。しかし、あくまで「人間はさうしたものではない」という信念を固持して敵討を断念しなかった九郎右衛門がついに目的を達成することができて、もっと合理的に、「捜すのも待つのも駄目ですから、出合ふまではあいつの事なんか考へずに」いて「若し出合つたら、ひどい目に逢はせて遣ります。」と言って叔父たちと別れて行った宇平は敵討の場に居あわすことができなかったのである。鷗外はここで、敵討ということ自体はナンセンスなことであるにしろ、人間の生き方としては九郎右衛門の方が立派であったのではないか、と言おうしているかの如くである。

『護持院原の敵討』につづく『大塩平八郎』(大正三年一月)に描かれた大塩平八郎は、いわばこの近代人宇平の形を変えての表現にほかならない。それだからこそ鷗外は、「未だ醒覚せざる社会主義」思想を抱き、「当時の秩序を破壊して望を達せようとした」大塩平八郎に、「けふまでに事柄の捗って来たのは、事柄其物が自然に捗つて来たのだと云つても好い。己が陰謀を推して進めたのではなくて、陰謀が己を拉して走つたのだと云つても好い。一体此終局はどうなり行くだらう。」と沈思せしめずにはおられなかったのであるし、また「砲声の轟き渡り、火焔の燃え上がるのを見てゐた」平八郎の心のうちに「自分が兼ねて排斥した枯寂の空を感じ」させずには済ませなかったのである。

鷗外にとっての理想的な人間の在り方、理想的な人間像は、「イプセン」的・秩序破壊的な平八郎ではなく九郎右衛門の方向に、『安井夫人』(同年四月)『山椒大夫』(大正四年一月)『ぢいさんばあさん』(同年九月)『高瀬舟』『寒山拾得』(五年一月)などのいわゆる「歴史離れ」(『歴史其儘と歴史離れ』四年一月)の作品における主人公たちを経て、文字通り「歴史其儘」の、史伝物とも呼ばれる『澀江抽斎』(五年一月)において決定的な映像を結ぶに至る。「抽斎は内《うち》徳義を蓄へ、外《ほか》誘惑を郤《しりぞ》け、恒《つね》に己の地位に安んじて、時の到るを待つてゐた」。そして秩序も拘束も抽斎にとつてはなんらその進退の自由をさまたげるものではなかった。「進むべくして進み、辞すべくして辞する、その事に処するに、綽《しやく》々として余裕があつた」。こういう抽斎が鷗外にとっての理想的人間の具えるべき要件をすべて具えた人物である。しかも抽斎は鷗外と同じく「医者であつた。そして官吏であつた。そして経書や諸子のやうな哲学方面の書をも読み、歴史をも読み、詩文集のやうな文芸方面の書をも読んだ」人である。「曾てわたくしと同じ道を歩き」「其健脚はわたくしの比ではなかつた」この澀江抽斎に、鷗外は「畏敬」を捧げ「親愛」を覚える。

『澀江抽斎』の冒頭に掲げられた抽斎の述志の詩――三十七年如一瞬。学医伝業薄才伸。栄枯窮達任天命。安楽換銭不患貧。――について鷗外が評釈を下しているところは、あたかも鷗外が自らの心境を説いているかの如くにも思われる。

「此詩を瞥見すれば、抽斎は其貧に安んじて、自家の材能《さいのう》を父祖伝来の医業の上に施してゐたかとも思はれよう。しかし私は抽斎の不平が二十八字の底に隠されてあるのを見ずにゐられない。試みに看るが好い。一瞬の如くに過ぎ去つた四十年足らずの月日を顧みた第一の句は、第二の薄才伸《はくさいのぶ》を以て妥《おだやか》に承けられる筈がない。伸ると云ふのは反語でなくてはならない。老驥《らうき》櫪《れき》に伏すれども、志《こゝろざし》千里に在りと云ふ意が此中に蔵せられてゐる。第三も亦同じ事である。作者は天命に任せるとは云つてゐるが、意を栄達に絶《た》つてゐるのではなさゝうである。さて第四に至つて、作者は其貧を患へずに、安楽を得てゐると云つてゐる。これも反語であらうか。いや、さうではない。久しく修養を積んで、内に恃む所のある作者は、身を困苦の中に屈してゐて、志は未だ伸びないでもそこに安楽を得てゐたのであらう。」

かの『妄想』の老翁と『カズイスチカ』の老花房とを重ね合わせた「親愛」すべき「畏敬」すべき人物を抽斎に見出して、鷗外はそれを書くことが「有用であるか、無用であるかを論ずる」(『観潮楼閑話』大正六年十月)ことなく、抽斎伝の作成に没頭する。それは、客観的にはこの仕事が徳川封建制末期における未知の一考証学者の事蹟の探索であったにすぎないにしても、鷗外自身にとっては現代小説から歴史小説を経た末にようやく遭遇した自分と同じ血の通った理想的人間像の発掘であり形成であったからにほかならない。これが鷗外の到達点であった。現代小説——歴史小説——史伝（考証）という道筋は、たしかに、現代社会——「自分の画がくべきアルプの山は現社会である。」（『青年』）——を扱いかねた鷗外の敗退の道であり、消極的調和への道であると評されて正しいが、同時にそれがやはりそれなりに鷗外の時代批判であり自己追求であったことが認められねばならないであろう。

第六章　晩　年

大正五年（一九一六）四月に軍医総監・医務局長の職を退き予備役に編入された鷗外は、翌年十二月二十五日に帝室博物館総長兼図書頭に任ぜられる。官を離れていたのはわずか一年半余りである。この間「東京日日新聞」・「大阪毎日新聞」にいわゆる史伝物を書きつづけていたわけであるが、この閑日月は必ずしも鷗外にとって愉快なものではなかったらしい。『半日』（明治四十二年三月）にうかがうことができるような嫁と姑との確執も母の死によっておのずから解消し、小倉時代に僅か数ヵ月味いえた平和な家庭がやっと再び齎らされたけれども、文筆だけの生活はすでに三十余年の軍医生活を送ってきた鷗外にとっては耐えがたいものとなっていたのであったろうか。帝室博物館に出ることが決ったときに、鷗外は友人賀古鶴所に、「老ぬれと馬に鞭うち千里をも走らむとおもふ年立ちにけり」の歌を示している（十二月三十一日附書簡）。そして鷗外は死ぬまでこの職にあった。新聞・雑誌とはほとんど絶縁し、大正十年(一九二一)宮内省図書寮から刊行した『帝謚考』、それにつづく『元號考』(未完)という考証を主たる仕事とした。新聞に発表されたものは『礼儀小言』(大正七年一月)一篇だけ、雑誌に発表されたものは『北条霞亭の末一年』(九年十月―十年十一月)と『古い手帳から』(十年十一月―十一年八月、未完)の二篇だけである。

『礼儀小言』は、古き「礼は滅び尽して、これに代るものは成立してをらぬ」ゆえに、「前なるものが既に亡びて後なるものが興らぬ故」に、混乱におちいっている日本の礼儀についての考察であり、提言である。これは鷗外の日本文化論であるといってもよいし、また鷗外自身の仕事の解説であるとも見られるであろう。鷗外ははじめに言う、「わたくしは人に語つて、外人は車上人に逢つて窓を開く礼を知り、邦人はこれを知らぬと云ひ、又邦人の知らざるは昔より知らざるのではなく、近ごろこれを失つたのだと云つた。その奈何《いか》にしてこれを失つたかは追窮し難くはない。王朝時代の牛車の事は姑《しばら》く措《お》く。明治の初に轎《かご》が廃れた。そして轎と云ふ乗物と共にこれに乗る方法が失はれた。さて新に馬車が西洋より輸入せらるるに及んで、これに乗る方法を併せ伝ふることを忘れた。その既に失ふものは復追ふべからざずして、その未だ得ざるものは曾て求めずにしまつた。譬へば邯《かん》鄲《たん》歩を学ぶ人の如くであつた。」これが西洋の文物を輸入した日本の実態である。たんに

「馬車」だけの話ではないと言わねばなるまい。

鷗外は冠婚葬祭の儀礼について具体的に考察を進める。たとえば婚礼をとり上げて見ても、各種各様、「今の我邦には婚姻の礼がない」。喪葬をとり上げて見ても、「今の我邦では喪葬の儀式は人々その欲する所に従ふことが出来る」という有様である。これは単に「世上に劃一の礼がない故に然るのではない。その由つて来る所は此の如く簡単ではない。此には深い根柢があつて存する」。その根柢とは何か、鷗外は答えて「時代思潮である」と言う。


「礼は荘重なるものである。就中葬礼を最《さい》とする。神葬もさうである。仏葬もさうである。基督葬式もさうである。

人生の所有《あらゆる》形式には、その初め生じた時に意義がある。礼をして荘重ならしむるものは其意義である。「失之者死、得之者生」とさへ云つたのは此意義より見たものである。古は人類が淳樸であつたので、容易に形式の約束を受けてこれに安んじ、形式は其荘重を維持することを得た。我邦の古の葬《はふり》も、仏葬も、基督葬式も此の如くにして其荘重を維持してゐたであらう。

今の人類の官能は意義と形式とを別々に引き離して視ようとする。そして形式の中に幾多の厭悪すべき疵瑕を発見する。荘重の変じて滑稽となるは此時である。是は批評精神の醒覚に本づいてゐる。そして批評精神の醒覚は現代思潮の特徴である。
批評精神が既に形式の疵瑕を発見する。荘重なる儀式は忽ち見功者の目に映ずる緞帳《どんちやう》芝居となる。是に於て此疵瑕を排除せむと欲する欲望が生ずる。此欲望は動《やゝ》もすれば形式を破壊するにあらでは已まぬものである。」

ここにおいて鷗外は、現代人は「単に形式を棄てて罷《や》むか、形式と共に意義をも棄つるかの岐路」にあると説く。形式を破壊するのは必ずしも世上で言われるほどに危険なことではない。「真の危険は意義を破棄するに至つて始て生ずる」のである。

「今はあらゆる古き形式の将に破棄せられむとする時代である。わたくしは人の此形式を保存せむと欲して弥縫の策に齷齪たるを見て、心に慊ざるものがある。人は何故に昔形式に寓してあつた意義を保存せむことを謀らぬのであらうか。何故にその弥縫に労する力を移して、古き意義を盛るに堪へたる新なる形式を求むる上に用ゐぬのであらうか。……

畢竟此問題の解決は新なる形式を求め得て、意義の根本を確保《かくはう》するにある。」

古き形式が破壊されるのはいわば必然の趨勢であり、それを固守せんとするのは固陋のそしりを免れない。しかしあくまで古き意義を保存することを忘れてはならない。「古き意義を盛るに堪へたる新なる形式」を探し当てねばならない、と言うのである。鷗外が保存の必要を説く「古き意義」は、あの歴史小説において鷗外が示さんとしたものを考えればよいであろう。それでは、それを盛るべき「新なる形式」とは何であったか。恐らくそれは、鷗外が『古い手帳から』において示した努力の方向に求めらるべきものであったと考えてよいのであろう。

『古い手帳から』という未完に終ったノートそれ自体は、プラトン・アリストテレス以来の社会思想の歴史を辿ったものである。しかし、そこにはっきりと見てとれるのは社会主義・共産主義への関心であり、更に言えば敵意である。『礼儀小言』を発表する一月余り前の大正六年（一九一七）十一月には、ロシアで社会主義革命が成功し、帝政ロシアはソヴェト・ロシアと変り、『礼儀小言』を発表した年の十一月にはドイツに革命が起り、帝政ドイツは崩壊して第一次世界大戦は終結を見ている。この時鷗外は友人賀古鶴所への手紙（大正七年十一月十五日）に、「今ヤ帝王ノ存立セルハ日本ト英吉利トノミト相成候於是乎政党内閣（議院政治 Parlamentarismus）ハ必然ノ結果トシテ生ジ来ルベク普通選挙（allgemeines Wahlrecht）モ或ハ避クベカラザルニ至ルベキカト忖度仕候」と書いた。わが国最初の政党内閣たる原敬内閣はこの手紙の翌八年（一九一九）に成立し、普通選挙は鷗外歿後の大正十三年（一九二四）に成立する。そしてこの間いわゆる大正デモクラシーの思想・運動はめざましい昂揚を示した。そしてかの大逆事件以来徹底的に禁圧されていた社会主義もこの風潮の中でようやく復活し、活動を再開するのである。「幸カ不幸カ我々ハ実ニ非常ナル時ニ遭逢シタル者ト奉存候老公ナドハ定而御心痛之事ト拝察仕候只今ヨリノ政治上ノ局面ハ下ス所ノ石ノ一ツ〳〵ガ帝室ノ運命問題ニ関スルヲ覚エ候」と、鷗外は先の手紙の中に書きつけている。ここに鷗外の言う「老公」はいうまでもなく山県有朋である。鷗外の関心は「帝室ノ運命」と新しい社会主義運動の帰趨に集中されることになる。

大正八年（一九一九）十二月二十四日のやはり賀古鶴所に宛てた手紙には鷗外はこう書いている。

「○御話申上候社会政策猶細密ニ申上度近日又々参上仕度存居候名ヲツクレバ「国体ニ順応シタル集産主義」（Collectivismus ナリ即チ共産主義 Communismus ノ反対ナリ）トデモ謂フベキカ又「国家社会主義」（国家ガ生産ノ調節ヲスルユエニ）ト云フモノニ近ケレド世間ニ唱ヘ居ルハ同盟罷エヤ群衆ノ示威運動ニテ成功セントスルモノユエ全ク別ニ有之候猶研究中ニ御坐候」

「国体ニ順応シタル集産主義」！　これが鷗外のこの問題に関する最終的折衷策である。「研究」はこの後もつづけられる──『古い手帳から』もその「研究」の一つである──けれども、結論はすでにここに出されている。これが鷗外の考えた「新なる形式」、少くともその一つであったと考えてよいように思う。もちろんこれは現実に実現されえずに終った。鷗外の社会主義・社会問題研究は、すべて「老公」山県有朋への献策のためであり、唐木順三氏（前掲書）は鷗外の書簡から、山県を中心とする勢力によって国家社会主義革命を実行することを鷗外が目論んでいたのではないかとまで推測しておられる。鷗外の書簡だけからそこまで推測するのは無理かと思われるが、とにかく大正十一年（一九二二）二月一日山県公の死後には、書きつづけられている『古い手帳から』以外には、もう社会主義の「研究」が進められている様子はない。鷗外はひたすら『元號考』に努力を傾注して行った。そして この鷗外も同じ年の七月九日には死歿する。鷗外数え て六十一歳である。

＊　鷗外の死因は萎縮腎と発表され、以後ずっとそれが信じられてきたが、昭和二十九年（一九五四）七月九日の鷗外三十三回忌に森於菟氏によってはじめて、その主因が肺結核であり、それも壮年時代から永くひそんでいた結核病巣が老年になって活動化したことであるということが公表された。

「昨年夏休暇前と思ふが「いつか君にいって置かうと思ってゐたのだが」と前置きして額田君（註・額田晋、鷗外の死床における主治医）は話し出した。「鷗外さんはすべての医師に自分の身体も体液も見せなかつた。ぼくにだけ許したので、その尿には相当に進んだ萎縮腎の徴候が歴然とあつたがそれよりも驚いたのは喀痰で、顕微鏡で調べると結核菌が一ぱい、まるでその純培養を見るやうであつた。鷗外さんはその時、これで君に皆わかつたと思ふがこの事だけは云つてくれるな、子供もまだ小さいからと頼まれた。それで二つある病気の中で腎臓の方を主にして診断書を書いたので、真実を知つたのはぼくと賀古翁、それに鷗外さんの妹婿小金井良精博士だけと思ふ。もつとも奥さんに平生の事をきいた時、よほど前から痰を吐いた紙を集めて、鷗外さんが自分で庭の隅へ行って焼いてゐたといはれたから、奥さんは察してゐられたかも知れない。」（森於菟『父親としての森鷗外』）

前に『智慧袋』（明治三十一年）から引いた「独り負ふべき荷」という一文のこと、『仮面』（明治四十二年四月）の主人公杉村博士のことなどがおのずから思い起されるであろう。こういう鷗外が次に触れる「遺言」においても問題となるのである。

鷗外の「遺言」は死の三日前に賀古鶴所によって筆受されている。

「余ハ少年ノ時ヨリ老死ニ至ルマデ一切秘密無ク交際シタル友ハ賀古鶴所君ナリコヽニ死ニ臨ンテ賀古君ノ一筆ヲ煩ハス死ハ一切ヲ打チ切ル重大事件ナリ奈何ナル官権《憲》威力ト雖此ニ反抗スル事ヲ得スト信ス余ハ石見人森林太郎トシテ死セント欲ス宮内省陸軍省皆縁故アレドモ生死別ルヽ瞬間アラユル外形的取扱ヒヲ辞ス森林太郎トシテ死セントス墓ハ森林太郎墓ノ外一字モホル可ラス書ハ中村不折ニ依託シ宮内省陸軍ノ栄典ハ絶対ニ取リヤメヲ請フ手続ハソレゾレアルベシコレ唯一ノ友人ニ云ヒ残スモノニシテ何人ノ容喙ヲモ許サス

大正十一年七月六日

森　林太郎　言　拇印

賀古鶴所書」

鷗外はこの「遺言」で何を言おうとしたのであったろうか。「奈何ナル官権威力ト雖此ニ反抗スル事ヲ得スト信ス」と言い、「アラユル外形的取扱ヒヲ辞ス」というとき、鷗外は自分が終生「反抗スル事ヲ得」なかった「官権威力」に対する、また自分が終生蒙ることを免れえなかった「外形的取扱ヒ」に対する恨みをこめた「反抗」の意志を表明したのであったろうか。「何人ノ容喙《ようかい》ヲモ許サ」ないものとしての自分の意志の表明を鷗外は「一切ヲ打チ切ル重大事件」たる死を後に背負ってはじめて為しえたかの観がある。しかし、鷗外が「絶対ニ取リヤメヲ請フ」た「栄典」はもちろん容赦なく与えられる。死んだ鷗外は特旨を以て位一級をすすめられ、従二位に叙せられるのである。

「臨終にせまつての譫言は「馬鹿々々しい」の一言であつたさうで」と森於菟氏（『森鷗外』）が書きとめているが、何を鷗外が「馬鹿々々しい」と言ったのか、これまた六十年の鷗外の生涯を顧みればいろいろに考えることができそうである。

森鷗外略年譜

年号	西暦	事項	参考事項
文久二	一八六二	一月十九日石見国（島根県）鹿足郡津和野町字横堀に生る。	＊文久2・坂下門の変、生麦事件。西周、榎本武揚等の一行オランダ留学。
			＊文久3・長州藩フランス船砲撃、薩摩藩イギリス船砲撃、七卿落ち。＊元治1・蛤御門の変、長州征伐。＊慶応1・長州再征、外国締約勅許。
慶応三	一八六七	数え年六歳 十一月村田久兵衛に論語を学ぶ。	＊慶応3・明治天皇践祚、王政復古。
明治元	一八六八	七歳 三月米原佐（綱善）に孟子を学ぶ。	＊明治1・鳥羽伏見の戦、五箇条の誓文。福沢諭吉「訓蒙窮理図解」加藤弘之「立憲政体略」
明治二	一八六九	八歳 藩校養老館へ四書復読に往く。	＊明治2・東京遷都、函館戦争、版籍奉還。福沢諭吉「西洋事情」第二編
明治三	一八七〇	九歳 養老館へ五経復読に往く。 十一月父に和蘭文典を学ぶ。	＊明治3・藩制改革、新律綱領公布。加藤弘之「真政大意」仮名書魯文「西洋道中膝栗毛」

明治四	一八七一	十歳 養老館へ左国史漢復読に往く。 夏、室良悦に和蘭文典を学ぶ。 十一月養老館廃校さる。	*明治4・廃藩置県。岩倉具視一行欧米に派遣。 中村敬宇訳「自由之理」 〃「西国立志編」 仮名書魯文「安愚楽鍋」
明治五	一八七二	十一歳 六月父に随って上京し、十月頃西周邸に寄寓す。本郷進文学舎に通う。	*明治5・陸海軍二省設置、徴兵令発布、太陽暦実施、新橋横浜間鉄道開通。 「東京日日新聞」創刊 福沢諭吉「学問のすゝめ」 安井息軒「辨妄」 *明治6・六鎮台設置、地租改正条例公布。征韓論争起る。明六社設置。 西周「致知啓蒙」
明治七	一八七四	十三歳 一月東京医学校予科に入学す。	*明治7・民撰議院設立建白、佐賀の乱、台湾出兵。 「明六雑誌」「読売新聞」創刊 服部撫松「東京新繁昌記」 成島柳北「柳橋新誌」 *明治8・樺太千島交換条約、新聞紙条例讒謗律公布、江華島事件。 福沢諭吉「文明論之概略」 *明治9・佩刀禁止令、神風連の乱、萩の乱。
明治十	一八七七	十六歳 東京医学校は東京大学医学部と改称、その本科に進む。	*明治10・西南の役。 田口卯吉「日本開化小史」 服部徳訳「民約論」 *明治11・大久保利通暗殺、竹橋騒動。 福沢諭吉「通俗民権論」 植木枝盛「開明新論」

			＊明治12・教育令制定、国会開設建白。 「大阪朝日新聞」創刊 植木枝盛「民権自由論」 ＊明治13・集会条例公布、国会開設請願。 「六合雑誌」創刊
明治十四	一八八一	二十歳 七月大学を卒業、医学士となる。 十二月陸軍軍医副に任ぜらる。	＊明治14・国会開設の詔書渙発、自由党結成。 「東洋自由新聞」「東洋学芸雑誌」創刊 松島剛訳「社会平権論」 ＊明治15・軍人勅諭発布、立憲改進党結成、東洋社会党結成、福島事件。 「時事新報」「自由新聞」創刊 加藤弘之「人権新説」 中江兆民訳「民約訳解」 フェノロサ「美術新説」 ＊明治16・高田事件、陸軍大学校開校、鹿鳴館開館。 「官報」発刊 馬場辰猪「天賦人権論」 矢野竜渓「経国美談」
明治十七	一八八四	二十三歳 六月陸軍衛生制度調査および軍陣衛生学研究のためドイツ留学を命ぜらる。 八月横浜出航、十月ベルリン着。 ライプツィヒのホフマンに師事す。	＊明治17・群馬事件、加波山事件、自由党の解党、秩父事件、飯田事件。 「自由燈」創刊 徳富蘇峰「明治二十三年後の政治家の資格を論ず」 植村正久「真理一斑」
明治十八	一八八五	二十四歳 十月ドレスデンに移る。	＊明治18・大阪事件、内閣官制制定。 「我楽多文庫」「女学雑誌」創刊 徳富蘇峰「十九世紀日本の青年及教育」

			坪内逍遥「小説神髄」 柴東海散士「佳人之奇遇」
明治十九	一八八六	二十五歳 三月ミュンヒェンに移り、ペッテンコオフェルに師事す。	＊明治19・帝国大学令公布、静岡事件、国際赤十字条約加盟。 徳富蘇峰「将来之日本」 小崎弘道「政教新論」 末松謙澄「演劇改良意見」
明治二十	一八八七	二十六歳 四月ベルリンに移り、コッホに師事す。	＊明治20・条約改正会議、保安条例公布。 「国民之友」「哲学会雑誌」「反省会雑誌」創刊 徳富蘇峰「新日本之青年」 中江兆民「三酔人経綸問答」 二葉亭四迷「浮雲」
明治二十一	一八八八	二十七歳 七月ベルリンを発し、九月帰朝す。 陸軍軍医学舎（学校）教官に補せらる。 十一月陸軍大学校教官に兼補せらる。	＊明治21・市町村制公布、枢密院設置、高島炭坑事件。 「日本人」「都の花」創刊 中江兆民「國會論」 大西　祝「批評論」 二葉亭四迷訳「あひびき」「めぐりあひ」
明治二十二	一八八九	二十八歳 二月赤松登志子と結婚す。 八月「国民之友」に訳詩集『於母影』を載せ、十月雑誌「しがらみ草紙」を創刊す。 三月医学雑誌「衛生新誌」、十二月「医事新論」を創刊す。	＊明治22・帝国憲法発布、森有礼刺殺、大隈外相負傷、東海道線全線開通。 「新小説」「日本」創刊 伊藤博文「帝国憲法義解」 三宅雪嶺「哲学涓滴」 山田美妙「蝴蝶」 幸田露伴「露團々」「一刹那」 饗庭篁村「むら竹」
明治二十三	一八九〇	二十九歳	＊明治23・立憲自由党結成、第一回帝国議会開会、教育勅語渙発。

		『舞姫』(一月)、『うたかたの記』(八月)を発表、その他翻訳評論に筆をふるい、石橋忍月と論戦す。 九月「医事新論」と「衛生新誌」を合わせて「衛生療病志」と改題、発行す。 九月長男於菟誕生後間もなく、妻を離別す。	「国民新聞」「日本評論」創刊 陸　羯南「近時政論考」 大西　祝「良心起源論」 幸田露伴「ひげ男」「一口剣」 尾崎紅葉「伽羅枕」 坪内逍遙「小説三派」
明治二十四	一八九一	三十歳 『文づかひ』(一月)を発表。坪内逍遙との論戦は翌年に及ぶ。 八月医学博士の学位を授けらる。	*明治24・大津事件、教育宗教衝突問題起る。 「史海」「早稲田文学」創刊 三宅雪嶺「真善美日本人」 〃「偽醜悪日本人」 井上哲次郎「勅語衍義」 尾崎紅葉「二人女房」 幸田露伴「五重塔」
明治二十五	一八九二	三十一歳 『即興詩人』の訳載はじまる(九年後に完結)。	*明治25・第二回衆議院選挙、東洋自由党結成。 横井時雄「日本の道徳と基督教」 北村透谷「厭世詩家と女性」 内田魯庵「文学一斑」 〃　訳「罪と罰」
明治二十六	一八九三	三十二歳 『傍観機関』の論戦はじまり、翌年に及ぶ。	*明治26・大日本協会設立、「君が代」国歌制定。 「文学界」「二六新報」創刊 加藤弘之「強者の権利の競争」 民友社版「現時の社会主義」 井上哲次郎「教育と宗教との衝突」 北村透谷「内部生命論」

			正岡子規「獺祭書屋俳話」
明治二十七	一八九四	三十三歳 八月対清国宣戦布告され、十月出征す。「しがらみ草紙」は八月、「衛生療病志」は十月に廃刊さる。	*明治27・日清戦争開始、黄海大海戦、旅順陥落。 徳富蘇峰「大日本膨脹論」 内村鑑三「代表的日本人」 内田魯庵「文学者となる法」 高山樗牛「滝口入道」 国木田独歩「愛弟通信」
明治二十八	一八九五	三十四歳 五月講和成り、六月台湾に赴く。台湾総督府陸軍局軍医部長を仰付けらる。十月東京に凱旋し、軍医学校長に補せらる。	*明治28・日清講和条約、三国干渉（遼東半島還付）。 「帝國文学」「太陽」「青年文」創刊 横山源之助「都会の半面」 大西　祝「西洋哲学史」 樋口一葉「たけくらべ」「にごりえ」 広津柳浪「変目伝」 川上眉山「うらおもて」 斎藤緑雨「門三味線」
明治二十九	一八九六	三十五歳 一月雑誌「めさまし草」創刊す。 四月父静男歿す。	*明治29・進歩党結成、台湾総督府条例公布、造船奨励法、航海奨励法公布。 大西　祝「社会主義の必要」 福沢諭吉「福翁百話」 泉　鏡花「照葉狂言」 与謝野鉄幹「東西南北」
明治三十	一八九七	三十六歳 一月医学雑誌「公衆医事」を創刊す。	*明治30・足尾銅山鉱毒問題、社会問題研究会結成、労働組合期成会設立。 「ホトトギス」「新著月刊」「日本主義」創刊 高山樗牛「日本主義」 尾崎紅葉「金色夜叉」 島崎藤村「若菜集」

			*明治31・憲政党結成、社会主義研究会設立。 「心の花」「東京独立雑誌」創刊 高山樗牛「世界文明史」 福沢諭吉「福翁自伝」 井上円了「破唯物論」 内田魯庵「暮の廿八日」 徳富蘆花「不如帰」
明治三十二	一八九九	三十八歳 六月第十二師団軍医部長に補せられ、小倉に赴任す。	*明治32・陸海軍省制度改正、改正条約実施、普選期成同盟結成。 横山源之助「日本之下層社会」 村井知至「社会主義」 高山樗牛「時代の精神と大文学」 土井晩翠「天地有情」
明治三十三	一九〇〇	三十九歳 『鷗外漁史とは誰ぞ』（一月）、『心頭語』（二月―翌年二月）その他。十二月『隊附軍医宿直の件』について訓示す。	*明治33・北清事変、治安警察法公布、立憲政友会結成。 「歌舞伎」「明星」創刊 木下尚江「廃娼之急務」 井上哲次郎「日本陽明学派之哲学」 中島力造「現今の哲学問題」 泉　鏡花「高野聖」 徳富蘆花「思出の記」 〃「自然と人生」
明治三十四	一九〇一	四十歳 『北清事件の一面の観察』（十二月）その他。	*明治34・黒竜会創立、社会民主党結成。 「精神界」「女学世界」創刊 幸徳秋水「廿世紀の怪物帝国主義」 中江兆民「一年有半」「続一年有半」 清沢満之「精神主義」 高山樗牛「美的生活を論ず」

明治三十五	一九〇二	四十一歳 一月荒木茂子と結婚す。 二月「めさまし草」廃刊す。 三月第一師団軍医部長に補せられ、東京に帰る。『洋学の盛衰を論ず』。 六月上田敏等と雑誌「芸文」を創刊、十月「万年艸」を創刊す。	*明治35・日英同盟締結、哲学館事件、教科書疑獄事件。 幸徳秋水「兆民先生」 宮崎滔天「三十三年の夢」 岡倉天心「東洋の理想」 綱島梁川「宗教的真理の性質」 内田魯庵「社会百面相」 永井荷風「地獄の花」 田山花袋「重右衛門の最後」 国木田独歩「酒中日記」
明治三十六	一九〇三	四十二歳 『人種哲学梗概』（六月）、『黄禍論梗概』（十一月）。	*明治36・東大七博士事件、対外（対露）同志会結成。 「独立評論」「平民新聞」創刊 幸徳秋水「社会主義神髄」 児玉花外「社会主義詩集」 黒岩涙香「天人論」 小杉天外「魔風恋風」 幸田露伴「天うつ浪」 国木田独歩「運命論者」
明治三十七	一九〇四	四十三歳 二月日露戦争起り、四月出征す。 三月「万年艸」を廃刊す。	*明治37・日露戦争開始、黄海海戦、遼陽大会戦、旅順総攻撃。 「時代思想」「新潮」創刊 内村鑑三「余が非戦論者となりし由来」 田添鉄二「経済進化論」 福田英子「妾の半涯」 木下尚江「火の柱」「良人の告白」 幸田露伴「出廬」 *明治38・旅順陥落、奉天大会戦、日本海海戦、ポーツマス講和条約、日比谷焼打事件。

			「直言」「天鼓」「火鞭」「光」「新紀元」創刊 松岡荒村「荒村遺稿」 綱島梁川「見神の実験」 夏目漱石「吾輩は猫である」 小栗風葉「青春」 上田　敏「海潮音」
明治三十九	一九〇六	四十五歳 一月東京に凱旋す。 六月歌会常磐会を起す。 七月祖母清子歿す。	*明治39・韓国統監府設置、南満州鉄道会社設立、日本社会党結成。 「芸苑」「文章世界」「革命評論」創刊 山路愛山「社会主義管見」 田岡嶺雲「壺中我観」 丘浅次郎「進化と人生」 岩野泡鳴「神秘的半獣主義」 夏目漱石「坊ちゃん」 島崎藤村「破戒」
明治四十	一九〇七	四十六歳 三月観潮楼歌会を起す。 十一月軍医総監に任じ、陸軍省医務局長に補せらる。	*明治40・足尾銅山ストライキ、社会党結社禁止、社会主義同志会結成。 「平民新聞」「新思潮」創刊 幸徳秋水「予が思想の変化」 石川三四郎「日本社会主義史」 片上天弦「人生観上の自然主義」 田山花袋「蒲団」 真山青果「南小泉村」 夏目漱石「虞美人草」
明治四十一	一九〇八	四十七歳 『仮名遣に関する意見』（六月）その他。	*明治41・赤旗事件、戊申詔書発布。 「アカネ」「アララギ」創刊 山路愛山「現時の社会問題及び社会主義者」 長谷川天渓「現実暴露の悲哀」

年号	西暦	事項	文学・社会
			田中王堂「我国に於ける自然主義を論ず」 田山花袋「一兵卒」「生」 島崎藤村「春」 正宗白鳥「何処へ」 夏目漱石「三四郎」 永井荷風「あめりか物語」
明治四十二	一九〇九	四十八歳 一月雑誌「昴《スバル》」創刊さる。『ヰタ・セクスアリス』（七月）その他多数の小説・翻訳を発表す。 七月文学博士の学位を授けらる。	＊明治42・新聞紙法公布、伊藤博文暗殺。 「自由思想」「屋上庭園」創刊 クロポトキン「パンの略取」（翻訳） 石川啄木「食ふべき詩」 島村抱月「近代文芸之研究」「懐疑と告白」 田山花袋「妻」「田舎教師」 岩野泡鳴「耽溺」 森田草平「煤煙」 夏目漱石「それから」 永井荷風「ふらんす物語」「冷笑」
明治四十三	一九一〇	四十九歳 『青年』（三月―翌年八月）その他多数の小説・翻訳。	＊明治43・立憲国民党結成、大逆事件の検挙、日韓併合条約調印、帝国在郷軍人会創立。 「白樺」「三田文学」第二次「新思潮」 「国民雑誌」創刊 石川啄木「時代閉塞の現状」 安倍能成「自己の問題として見たる自然主義」 正宗白鳥「微光」 徳田秋声「足迹」 夏目漱石「門」 武者小路実篤「お目出度き人」 谷崎潤一郎「刺青」「象」

明治四十四	一九一一	五十歳 『妄想』（三・四月）その他多数の小説・翻訳。	＊明治44・大逆事件判決、第三次日英同盟協約調印、東京市電ストライキ。 「層雲」「青鞜」「朱欒」創刊 幸徳秋水「基督抹殺論」 井上哲次郎「家族主義と個人主義」 西田幾多郎「善の研究」 田中王堂「書斎より街頭へ」 平塚雷鳥「原始女性は太陽であった」 有島武郎「或る女のグリンプス」 木下杢太郎「和泉屋染物店」 北原白秋「思ひ出」
明治四十五 大正元	一九一二	五十一歳 『かのやうに』（一月）、『興津弥五右衛門の遺書』（十月）その他。	＊明治45・大正1・三教合同問題、大正政変。 「奇蹟」「近代思想」創刊 美濃部達吉「憲法講話」 大杉　栄「本能と創造」 厨川白村「近代文学十講」 夏目漱石「彼岸過迄」「行人」 志賀直哉「大津順吉」 石川啄木「悲しき玩具」
大正二	一九一三	五十二歳 『阿部一族』（一月）その他歴史小説および翻訳多数。『ファウスト』第一部（一月）第二部（三月）刊行す。 十二月「昴」終刊す。	＊大正2・立憲同志会結成、憲政擁護運動高揚。 「生活と芸術」創刊 片上　伸「生の要求と文学」 和辻哲郎「ニイチェ研究」 岩野泡鳴「近代思想と其実生活」 徳田秋声「たゞれ」 近松秋江「疑惑」 斎藤茂吉「赤光」
大正三	一九一四	五十三歳	＊大正3・シーメンス事件、第一次世界大戦勃発、青島戦争。

		『大塩平八郎』（一月）その他歴史小説多し。『サフラン』（三月）。	「吾等」第三次「新思潮」「国民文学」創刊 大杉　栄「生の創造」「叛逆者の心理」 片上　伸「思想の力」 阿部次郎「三太郎の日記」 夏目漱石「こゝろ」 島崎藤村「桜の実の熟する時」 高村光太郎「道程」
大正四	一九一五	五十四歳 『山椒大夫』（一月）その他歴史小説多く、翻訳少し。『歴史其儘と歴史離れ』（一月）。	*大正4・対中国二十一箇条要求提出、大浦事件。 「アルス」「新社会」創刊「哲学叢書」（岩波）刊行 堺　利彦「小さき旗上」 大杉栄訳・クロポトキン「相互扶助論」 田中王堂「文芸家と政治運動」 夏目漱石「私の個人主義」 徳田秋声「あらくれ」 正宗白鳥「入江のほとり」 有島武郎「宣言」 芥川竜之介「羅生門」
大正五	一九一六	五十五歳 『澀江抽斎』（一月—五月）から史伝物はじまる。『空車』（五月）。 三月母峰子歿す。 四月本職を免じ、予備役仰付けらる。	*大正5・憲政会結成。 第四次「新思潮」「文章倶楽部」「黒潮」創刊 加藤一夫「食糧労働と自我表現」 吉野作造「憲法の本義を説いて其の有終の美を済すの途を論ず」 朝永三十郎「近世に於ける我の自覚史」 生田長江「自然主義前派の跳梁」 広津和郎「怒れるトルストイ」 芥川竜之介「鼻」「芋粥」

			夏目漱石「明暗」 倉田百三「出家とその弟子」 中条百合子「貧しき人々の群」
大正六	一九一七	五十六歳 『北条霞亭』（十月—十二月）その他史伝物多し。『なかじきり』（九月）。 十二月帝室博物館総長兼図書頭に任ぜらる。	＊大正6・ロシア革命、石井・ランシング協定。 「思潮」「近代芸術」創刊 大杉　栄「新しき世界の為めの新しき芸術」 桑木厳翼「カントと現代の哲学」 森田草平「理想主義的自然主義」 広津和郎「神経病時代」 佐藤春夫「病める薔薇」 志賀直哉「城の崎にて」 萩原朔太郎「月に吠える」
大正七	一九一八	五十七歳 『礼儀小言』（一月）。	＊大正7・米価暴騰米騒動頻出、黎明会結成、シベリア出兵、第一次世界大戦終結。 「赤い鳥」「労働と文芸」「民芸の芸術」創刊 大杉　栄「最近思想界の動向」 加藤一夫「民衆芸術の意義」 吉野作造「民本主義を説いて再び憲政有終の美を済すの途を論ず」 和辻哲郎「偶像再興」 永井荷風「おかめ笹」 芥川竜之介「地獄変」「奉教人の死」 武者小路実篤「幸福者」 葛西善蔵「子を連れて」
大正八	一九一九	五十八歳 九月帝国美術院長に任ぜらる。	＊大正8・パリ講和会議開会、普選期成大会、労働争議激増。 「我等」「改造」「解放」「人間」創刊

十月『帝謚考』の稿を終る。

堺　利彦「唯物史観の概要」
山川　均「マルクス経済学」
賀川豊彦「労働者崇拝論」
北　一輝「日本改造法案大綱」
菊池　寛「恩讐の彼方に」
宇野浩二「蔵の中」「苦の世界」
幸田露伴「運命」
木下杢太郎「食後の唄」
＊大正9・尼港事件、財界不況、普選要求運動しきり、森戸事件。
「社会主義」「新青年」創刊
河上　肇「科学的社会主義と唯物史観」
大山郁夫「民衆文化の世界へ」
厨川白村「象牙の塔を出でて」
有島武郎「惜みなく愛は奪ふ」
賀川豊彦「死線を越えて」
武林無想庵「ピルロニストのやうに」

大正十　一九二一　六十歳

『帝謚考』（三月）公刊。
四月『元號考』の稿を起す（未完）。
『古い手帳から』（十一月—翌年八月、未完）。

＊大正10・ワシントン軍縮会議、友愛会日本労働総同盟と改称、アナ・ボル対立激化。
「思想」「種蒔く人」「社会主義研究」創刊
エンゲルス・堺利彦訳「空想的及科学的社会主義」
平林初之輔「唯物史観と文学」
長谷川如是閑「現代国家批判」
阿部次郎「人生批判の原理としての人格主義的見地」
倉田百三「愛と認識との出発」
志賀直哉「暗夜行路前篇」
吉田絃二郎「ダビデと子たち」

大正十一　一九二二　六十一歳

七月九日歿す。法号は貞献院殿文穆思斎大居士、向島弘福寺に葬らる。のち大正十三年、三鷹禅林寺に改葬す。

＊大正11・全国水平社創立、日本共産党創立、シベリア撤兵完了。
「前衛」「労働運動」「無産階級」「劇と評論」創刊
山川　均「無産階級運動の方向転換」
河上　肇「露西亜革命と社会主義革命」
平林初之輔「文芸運動と労働運動」
有島武郎「宣言一つ」「ドモ又の死」
芥川竜之介「藪の中」
佐藤春夫「都会の憂鬱」
武者小路実篤「人間万歳」

あとがき

本書の第一章から第四章までには、わたくしがこれまでに発表した「森鷗外のドイツ留学をめぐる思想史的考察」（東洋文化研究所紀要第八冊・昭31）、「明治二十年代における森鷗外」（思想・昭31・3月）、「明治三十年代における森鷗外」（東洋文化研究所紀要第十一冊・昭31）、「森鷗外〝独文の諸篇〟について」（明治大正文学研究22・昭32）が利用されているが、これらはそれぞれ一応独立の論文として書かれたものであったので、本書の各章とするに際しては、その全部を書き改めた。ある個所は削り、ある個所は書き加えて、ほとんど原型をとどめていないはずである。第五章、第六章は今度はじめて書いた。

この全六章で、誕生から死に至るまでの鷗外の精神形成の過程、思想の展開・変貌の様相をとくに時代と社会との関連において跡づけ描出しようというのが、わたくしの意図したところであった。この意図がどの程度まで達成されたかについては読者諸賢の判定を仰ぐほかはないが、わたくしとしてはとにかく数年来抱きつづけてきた課題の一つを曲りなりにもここに果しえたことを喜びとする。

わたくしが東京大学東洋文化研究所の助手として分担した研究テーマは「近代日本文学の思想史的研究」であり、前記鷗外のドイツ留学についての論文は助手論文として提出されたものであった。昭和二十八年研究所入所後の最初の研究発表においてわたくしはすでに鷗外の全体像についてのスケッチを試みていたが、それをようやく今不充分ながらも一つの画像にまで仕上げることができたわけである。もとよりこれとてわたくしの研究テーマの中の一小部分をみたすものでしかないが……。

東洋文化研究所の小口偉一、仁井田陞、小野忍諸先生には助手論文を読んでいただき、種々の批評を賜ったことを、ここに深い感謝の念をもって想起する。そして大学卒業以来絶えず公私の研究会において親身の御指導を仰ぎ、思想史的研究の方法と意義についてわたくしの眼を開いて下さった山崎正一先生、また東京高校時代からずっと御世話になり通しで、文学のみならず、諸般の事柄について常に策励を賜っている高橋義孝先生には、今更めくがここで改めて心からの感謝の意を表する次第である。

なお最後に、東大出版会の山田宗睦氏には、出版についていろいろと御世話をおかけしたことの御礼を申上げたい。

本書を老いたるわが父母に捧げる。

昭和三十三年八月二十三日

生松敬三

選書版のためのあとがき

この『森鷗外』は、かつて「近代日本の思想家」シリーズの一冊として出されたものである。

初版刊行は昭和三三年（一九五八）九月であったが、そのときの「あとがき」に私は、これがもと東京大学東洋文化研究所の助手時代に分担した「近代日本文学の思想史的研究」というテーマの一環をなすものとしてまとめられたこと、そして本書の「全六章で、誕生から死に至るまでの鷗外の精神形成の過程、思想の展開・変貌の様相をとくに時代と社会との関連において跡づけ描出しようというのが、わたくしの意図したところであった」ことを書き記している。

近代日本の文学および文学者の問題を思想史の文脈のなかにとり込んで考えるという仕事は、研究所を離れてのちも自分の研究課題として持続されており、たとえば漱石、荷風、杢太郎、啄木、さらに天心等についてのいくつかの論稿は、私の日本思想史関係の論文集

(『思想史の道標』勁草書房、『近代日本への思想史的反省』中央大学出版部、『日本文化への一視角』未来社)にそれぞれ収めてある。

そしてこの『森鷗外』以後に書いた私の鷗外についての論文やエッセイ、また他の新しい鷗外研究・鷗外論についての批評等も右の論文集に入れてあるが、実は鷗外についてはかねてひそかにこの『森鷗外』の全面的改稿を心に期していた。だから、この本がさいわいにも刊行後何年かのうちに幾度か刷数を重ねたとき、すでに私はその旨を担当者に申し入れていたのである。

ところが、実際にこの決意の実行はなかなかに困難で、具体的な作業にとりかかれずただいたずらに時日を遷延するばかりであった。この『森鷗外』では、やはりなんといっても第二章、第三章のドイツ留学と明治二〇年代の戦闘的啓蒙のあたりに私の主力が傾注されているかの観があるから、こんどは第五章、第六章の問題にもっと本格的にとり組み、いま少し周到な考察を試みて、全体を書きかえ、自分なりの鷗外論として展開してみたい――といった腹案をあたためてはいるのだが、いまだ熟成の期にいたらない。

最近たまたま何度か知人、友人、読者からこの『森鷗外』のことをたずねられ、もとのままの形で出してもそれなりに一つの「森鷗外入門」ないし「案内」としての役割は果たしうるのではないかとの好意的なお勧めを受けた。それで、目下のところ不可能な全面的改稿の試みはもう少し先に延ばして、私にはそれとして思い出多いこの処女作をそのままにUP選書の一冊に加えてもらうことにしたわけである。したがって、このUP選書版は、旧版における誤植若干を改め巻末の参考文献表をはずしたほかは、まったくもとのままである。

参考文献表をはずしたのは、その後の鷗外関係の文献を網羅するとなるとかなりの頁数を要するし、それにこの種の文献表は今日では便利に整備されたものが容易に手にしうるようになっているからで他意はない。私の若書きのこの『森鷗外』がそれらの諸文献の間に伍して、なおなにほどか読者に裨益するところあるならば、著者としては幸せこの上もないことである。

昭和五一年八月二日

生松敬三

著者略歴
1928年　東京に生れる
1950年　東京大学文学部卒業
1971年　中央大学教授
1984年　没

近代日本の思想家 4
森　鷗外

1958年 9月15日　初　　版　第1刷
1976年 11月 5日　UP選書版　第1刷
2007年 9月21日　新 装 版　第1刷

［検印廃止］

著　者　生松敬三《いきまつけいぞう》

発行所　財団法人　東京大学出版会
　　　　代 表 者　岡本和夫
　　　　〒113-8654
　　　　東京都文京区本郷7-3-1東大構内
　　　　電話 03-3811-8814　Fax 03-3812-6958
　　　　振替 00160-6-59964

装　幀　間村俊一
印刷所　株式会社平河工業社
製本所　牧製本印刷株式会社

ISBN978-4-13-014154-3　Printed in Japan

近代日本の思想家　全11巻

1　福沢諭吉　遠山茂樹
2　中江兆民　土方和雄
3　片山潜　隅谷三喜男
4　森鷗外　生松敬三
5　夏目漱石　瀬沼茂樹
6　北村透谷　色川大吉
7　西田幾多郎　竹内良知
8　河上肇　古田光
9　三木清　宮川透
10　戸坂潤　平林康之
11　吉野作造　松本三之介
（二〇〇八年初春刊）

四六判　1〜10　定価各二九四〇円